阿瑟·米勒 作品系列

The Man Who Had All the Luck

吉星高照的男人

阿瑟·米勒 著　陈恬 译

上海译文出版社

目　录

导言
美国戏剧的良心：阿瑟·米勒

    在当代美国剧作家当中，自尤金·奥尼尔于一九五三年逝世后，最受西方重视的当属阿瑟·米勒、田纳西·威廉斯和爱德华·阿尔比三人。阿尔比属于荒诞派之列。米勒和威廉斯则接近现实主义，他俩都在探讨"人生意义"，但两人的创作方法迥然不同。威廉斯以《玻璃动物园》《欲望号街车》和《热铁皮屋顶上的猫》三剧赢得了国际声誉，是一位斯特林堡式的作家；他侧重情感，注重剖析人的境遇和精神状态，而其笔下的人物也多半是精神上深受压抑或遭到社会排斥的底层人物。威廉斯力求通过剧作来揭示当代美国的社会病态，探讨人生的真正价值。米勒则以《推销员之死》《萨勒姆的女巫》和《桥头眺望》等剧获得国际声誉，是一位易卜生式的社会剧作家；他着重理智，关怀整个人性。他认为舞台应是一个比单纯娱乐更为重要的传播思想的媒介，应为一个严肃的目标服务。

阿瑟·米勒本人曾说"艺术应该在社会改革中发挥有效作用"[①]，"伟大的戏剧都向人们提出重大问题，否则就只不过是纯艺术技巧罢了。我不能想象值得我花费时间为之效力的戏剧不想改变世界，正如一个具有创造力的科学家不可能不想证实各项已知事物的正确性"[②]。

一

阿瑟·米勒一九一五年十月十七日出生于纽约。父亲是犹太裔的妇女时装商，于三十年代初美国经济大萧条时期破产；母亲是中学教员，为此只好靠变卖她的首饰维持家庭生计，渡过难关。米勒中学毕业后到一家汽车零件批发公司工作了两年，积攒些钱后进入密歇根大学新闻系和英文系学习，开始试写剧本，并两次获得校

① 《阿瑟·米勒自传》，格罗夫出版社，1987年，第93页。
② 同上书，第180页。

内霍普沃德写作竞赛戏剧奖。在校内，他为了获得生活补助金，曾在生物试验室任养鼠员，并在学生主办的校园《日报》社担任记者和编辑。一九三八年，他获文学学士学位，从该校毕业后，一九四一年至一九四四年期间，他在一家制盒工厂干活，后又在海军船坞充当安装技工的助手，同时为哥伦比亚广播公司和全国广播公司撰写广播剧。他还当过卡车司机、侍者、面包房送货员、仓库管理员和电台歌手。一九四四年，他到陆军十一营为电影《大兵故事》收集素材，出版了报告文学《处境正常》，同年《吉星高照的男人》问世，这是他第一部在百老汇上演的剧本。

一九四七年，米勒的剧本《都是我的儿子》上演，获纽约剧评界奖，使他一举成名。这是一出易卜生式的社会道德剧，写一家工厂老板在第二次世界大战期间向军方交付不合格的飞机引擎的汽缸，致使二十一名飞行员坠机身亡。他嫁祸于人，虽然逃脱了法律制裁，却受到良心的谴责。最后他认识到那些丧命的飞行员"都是我的儿子"，遂饮弹自尽。

接着，《推销员之死》于一九四九年发表，在百老汇连续上演了七百四十二场，荣获普利策奖和纽约剧评界奖，从而使米勒赢得国际声誉。剧本叙述一名推销员威利·洛曼悲惨的遭遇。威利因年老体衰，要求在办公室里工作，却被老板辞退。他气愤地说："我在这家公司苦苦干了三十四年，现在连人寿保险费都付不出！人不是水果！你不能吃了橘子扔掉皮啊！"（剧中一直没有交代他在推销什么，有人问作者，他说："威利在推销他自己。"）威利在懊丧之下，责怪两个儿子不务正业，一事无成。儿子反唇相讥，嘲笑他不过是个蹩脚的跑街罢了。老推销员做了一辈子美梦，现在全都幻灭了，自尊心受到严重挫伤。他梦呓似的与他那已故的、在非洲发财致富的大哥争论个人爱好的事业，最后他为了使家庭获得一笔人寿保险费而在深夜驾车外出撞毁身亡。全剧手法新颖，无需换景，借助灯光即可随时变换时间和地点。剧中现在和过去的事相互交错。这出戏在一定程度上批判了美国的商业竞争制度。

　　五十年代初，米勒改编的易卜生的《人民公敌》上演，也获得好评。当时美国麦卡锡主义兴起，米勒于一九五三年根据北美殖民地时代的一桩株连无数人的"逐巫案"写出了历史剧《炼狱》，以影射当时非美活动调查委员会对无辜人士的迫害。这一时期，米勒因早期参与左翼文艺活动而屡次受到非美活动调查委员会的传讯。一九五七年，他因拒绝说出以前曾和他一起开过会的左派作家和共产党人的名字而被判"蔑视国会"罪，处以罚金和三十天徒刑，缓期执行，直到一九五八年八月上诉法院才将这一罪名撤销。这一时期，他还写了一出反映三十年代美国职工生活、带有自传性的感伤独幕剧《两个星期一的回忆》和一出反映意大利籍工人在美国的不幸遭遇的两幕悲剧《桥头眺望》。米勒于一九五六年和一九五九年先后获密歇根大学荣誉文学博士学位和美国全国文学艺术研究院金质戏剧奖章。

一九五五年米勒和妻子玛丽·斯赖特瑞离婚，次年与好莱坞名演员玛丽莲·梦露结婚。一九六〇年他把自己的一个短篇小说改编成同名电影剧本《乱点鸳鸯谱》，由梦露和克拉克·盖博主演。一九六一年电影拍摄完成后，两人因性格悬殊而离婚。一九六二年他与奥籍摄影家英格博格·莫拉斯结婚。

一九六四年米勒发表了一出反映现代人在社会上生存问题的自传性色彩相当浓厚的剧本——《堕落之后》。剧情是律师昆廷因两次婚姻失败，回忆他和两个离了婚的妻子之间的爱恨交织的关系，以及新近相识的奥籍考古学家霍尔佳给他带来恢复生活信心的希望。剧中还穿插了昆廷回忆自己的父母之间的纠葛，纳粹集中营的惨状和非美活动调查委员会对左翼知识分子的传讯。昆廷经过对生活经历的反思领悟到人类自从亚当犯了原罪堕落之后，就具有犯罪的本能和残杀成性、背信弃义等品质；人只认识到爱是远远不够的，更需要面对生活而无所畏惧。有些西方评论家认为米勒敢于暴露自己的灵魂而写出了一部意义深远的自传体文献，堪与奥尼尔的《长夜漫漫路迢迢》相并列而无愧。但是，剧中的当红歌星玛吉痛恨那些围在她周围的人只知让她为他们挣钱而丝毫不知感恩，并且影响她不能成为一名优秀的艺术家，加上她与昆廷结合后，因性格各异，时常发生碰撞，以致她厌倦生活，最后吞服安眠药自杀。玛吉俨然是玛丽莲·梦露的化身，剧情中也有多处可同米勒的往事相印证，因此有些西方评论家认为米勒在距离梦露死去不到一年半光景就把夫妇私情以戏剧方式赤裸裸地公之于世似嫌不符忠厚之道。例如剧评家罗勃特·布鲁斯就坦称此剧为"一个不足道的剧本，不匀称，冗长乏味而混乱"，并讥讽米勒是"在跳精神上的脱衣舞，而乐队却伴奏着'是我的错'的节奏"。① 米勒本人认为这个剧本一时不易让人理解，但迟早会被公认为他的最佳之作。

同年，他还发表了一个独幕剧《维希事件》，进一步探讨了前一出戏的主题——人与他所憎恶的邪恶之间的关系，人类理智的沦亡和道义价值的丧失。这出戏描写德国法西斯分子在法国维希的一个拘留所里审讯犹太人时骇人听闻的情景。米勒认为大多数观众能理解这出戏不只是一个战争时期的故事，其中根本的争论点同我们当今活着的人息息相关，而且它必然涉及我们每个人同非正义和暴力之间的关系。

一九六五年至一九六九年，米勒连任两届国际笔会主席，曾多次投入拯救被关押的国内外同行的活动，如尼日利亚剧作家兼诗人渥雷·索因卡一九六六年曾被政府当局拘捕，有被处死的危险，就是经过米勒出面营救才得以获释的，后来索因卡在一九八六年荣获诺贝尔文学奖。

一九六八年，他发表的心理问题剧《代价》描写兄

① 《新共和》杂志第150期，1964年，第26—30页。

弟俩因所走的道路不同而产生的隔阂，对当代西方人盲目追求物质生活的现象作了一定程度的谴责。一九七二年他发表的《创世记和其他事业》是一出以漫画手法重述《圣经》中亚当和夏娃以及该隐杀弟的故事。剧名中的"其他事业"涉及当今舞台上追求"噱头"的喜剧。该剧虽是一出轻喜剧，却在每场提出一个哲理问题，如"人在需要正义的时候，上帝为什么继续制造非正义"等。全剧可以说是上帝和撒旦之间关于善恶性质的一场争论，而以《创世记》故事阐明各自的立场。米勒以讽刺的笔触使魔鬼在两者之间显得更具魅力，有时像人类的普罗米修斯，有时又颇像人间狂暴的独裁者。此剧受到西方剧评家的攻击，仅上演了十二场。米勒对此不服，次年又把它改编成音乐剧《来自天堂》，在他的母校密歇根大学公演。米勒于一九七二年当选为民主党全国大会代表。

一九七七年，他发表了《大主教宅邸的顶棚》，剧情是东欧某个国家一位知名作家由于写了一封信给联合国谴责自己国家内部的弊端而要么流亡，要么等待以叛国罪受审。最后他决定留下来，把部分手稿委托一位美国作家朋友偷运出去，尽管那位朋友可能会遭到当局的逮捕。场景是一间曾是大主教宅邸的房间，剧中人都相信顶棚装有窃听器。米勒借此隐喻人对自己的命运无法确知，人际关系的复杂，以及人不可轻信他人。

八十年代初，米勒受美国作家斯特兹·特克尔《艰难的日子：一部关于大萧条时期的口述历史》（一九七〇）一书的启发，写出一部以三十年代美国经济大萧条为背景的社会剧《美国时钟》，目的是使年轻一代美国人了解美国那一段悲惨的历史。一九八〇年，他还把以色列歌唱家法尼亚·费娜隆的回忆录改编成了一部电视剧《为了生存的演奏》，内容完全依据历史事实：法尼亚·费娜隆是一位有一半犹太血统的法国艺人，二次大战中被关进奥斯威辛集中营，由于她是巴黎夜总会的名歌星，集中营的女管理员发现后把她编入由女犯人组成的乐队，为纳粹军官演出。费娜隆因此而得以避免葬身煤气室的命运。费娜隆在战后定居以色列，一九七八年出版了她的回忆录，此书曾轰动一时，各国犹太人团体都曾借重她作为希特勒迫害犹太人的见证，抗议纳粹势力的复苏。但该片由于让一位公开反对以色列而支持巴勒斯坦的美国女明星范尼莎·赖特格莱主演，引起犹太人抗议的风波，后经多方磋商，才得以播出。西方评论界基本上对该片予以肯定，认为它是一部揭露希特勒排犹罪行、为犹太民族伸张正义的电视剧。

一九七八年，米勒夫妇来华访问，同我国戏剧界同行切磋艺事，回国后出版了一本反映中国人民生活的图文并茂的《访问中国》。一九八一年，上海人民艺术剧院上演了由黄佐临同志导演，米勒自己推荐的《炼狱》（演出时改名为《萨勒姆的女巫》）一剧。一九八三年，米勒再度来华，亲自导演了他的名剧《推销员之死》，由北京人民艺术剧院上演，获得很大成功。一九八四年，他出版了《"推销员"在北京》一书，记述了他在北京执导《推销员之死》一剧的经过，阐述了他对戏剧的精辟见解。

一九八二年，他发表的两部独幕剧《某种爱情故事》和《献给一位女士的哀歌》没有引起西方戏剧界的重视。两剧后在英国以《两面镜》为书名于一九八四年出版。一九八七年，他又推出两部独幕剧《往事如烟》和《克拉拉》，以《危险：回忆！》为书名出版。这两出戏于一九八七年二月八日开始在林肯艺术中心上演，受到好评。《往事如烟》描写两位老人之间的故事。女主人公莉奥诺拉是个阔寡妇，当她看到当今文明世界充斥着野蛮暴行和狂言时，感到幻想破灭，一切无望，遂到苏格兰隐居，有意想把现实中的严酷事实从记忆中驱逐出去。一天，她回到康涅狄格州乡间拜访老朋友利奥，晚餐时两人发生了争执。利奥是个共产党人，坚持致力于他的政治事业，拒绝放弃信仰，对世界的未来充满希望。利奥同莉奥诺拉猜字谜时，诙谐地阐明了他对人类的看法，言谈中对她做出了巧妙的挑战。《克拉拉》一剧描写有关一起谋杀案的审讯。女社会工作者克拉拉被人暗杀，而凶犯又很可能是曾被她"平反昭雪"的罪犯之一，警察当局严厉盘问克拉拉的父亲，以图从他口中获取一些线索，但克拉拉的父亲始终对女儿的生活守口如瓶，不肯透露。剧中还穿插了对越南战争和大屠杀的回忆等等。米勒说，这两出戏写的是"人们力图忘记过去，以及人们有意为忘却痛苦而采取的办法，但是这有时又会使你感到如负重罪，痛苦难熬，压得你喘不过气来"。显然米勒写此两剧旨在揭示当今西方世界的复杂的人际关系以及频频出现的暴力现象。

　　一九八七年，米勒还发表了他的长达五十余万字的自传，对他所走过的漫长曲折而又丰富多彩的生活和艺术道路做了深沉的回顾和反思，随带着也对人生、社会和历史做出了严肃的思考。书中有一段记载他一九八四年荣获华盛顿肯尼迪艺术中心荣誉奖，出席国务院招待肯尼迪荣誉奖获得者的宴会，官方主人是乔治·舒尔茨国务卿。由于国务院餐厅正在翻修，临时改在坎农办公大楼一间餐厅里举行，米勒恍惚觉得以前曾经来过那间屋子，后来发现那正是当年非美活动调查委员会审讯他的那间屋子，使他不禁感慨万千。米勒写道：

看来唯一使我有所感的是一种讽刺意味：一想到当年就是在这间屋子里，热浪滚滚的煤气曾经朝我迎面扑来，真叫我觉得这种讽刺冰冷得像金属块一样。我环视那些兴高采烈的来宾，那位容光焕发、面带微笑的国务卿，以及其他几位获此殊荣的知名人士，再一次觉得自己是个朝里张望的局外人，甚至觉得这一切不像是真的。我料想这大概是因为我体验过当年那种冷酷无情的排斥，势必不会轻易地就在这样的典礼盛会上领受对我如此和谐的祝贺。不过，我还是能——怀着几分热情——享受这种兴高采烈的场面。也许我有一种幻觉，认为自己已经不再畏惧权势，已经跟它够接近了，足以认清权势所拥有的一切没有什么是我可要的。我以前对这个制度持续不断的善行所怀有的不少信念，现在也在内心泯灭了。在这两个场合中，唯一没有变化的是那面国旗，它如今挂在墙边的旗杆上面，也许就是当年挂在沃尔特议员脑袋后边的那一面；我回想起当时它如何叫我尽管放心，虽然我明白它对世间许多别人来说，象征着残酷的富裕和傲慢的蒙昧。但是，怎样才能在我这一生当中把这一切连贯起来呢？或许我只好满足于把这看成全是一场梦，一场不断流放和不断回归的梦吧。①

进入九十年代，米勒为避免他所谓的百老汇的"黑色失败主义"，开始在英国伦敦首演他一九九一年写的新剧《驶下摩根山》。剧中描述一个颇有声望的商人莱曼·费尔特驾车在摩根山上失事；他躺在纽约北部一家

①《阿瑟·米勒自传》，第 452 页。

医院的病床上，他的两个妻子都去看望他，首次在病床边相遇，使他十分尴尬，从而在昏迷中进行反思，认识到自己所犯重婚罪的不可饶恕以及背叛行为的可耻。结局是两个妻子和他的子女都抛弃了他。评论界对此剧褒贬不一。米勒本想把此剧写成一部道德喜剧，却似乎没有达到预期目的。一九九三年和一九九四年，米勒又先后发表了独幕剧《最后的美国佬》和两幕剧《破碎的镜子》，进一步探讨了西方世界人与人之间的疏离、人的自我否定以及人对往事的遗忘等等事实。米勒在《破碎的镜子》一剧中再次以鉴古知今的手法提醒人们勿忘当年希特勒迫害犹太人的罪行，对当今法西斯主义复苏的趋势勿持旁观态度。此剧获英国一九九五年度奥立弗最佳戏剧奖。

二

一般认为，《推销员之死》《萨勒姆的女巫》《两个星期一的回忆》《桥头眺望》和《美国时钟》为阿瑟·米勒比较主要的剧作。

《推销员之死》

　　《推销员之死》是米勒第一部获得普利策奖的成功之作，也是使他享有国际声誉的代表作。此剧虽获得许多嘉奖，受到观众欢迎，但是当时也遭到不少攻击。报刊上出现许多从政治、社会和心理角度评论它的文章。有的认为此剧虽有批判美国商业制度的意图，但其结果不过是描绘了一个小人物的潦倒失败而已。另一右派刊物称它为"一枚被巧妙地埋藏在美国精神大厦内的定时炸弹"。还有的把米勒看成是"一个被悲剧所迷惑的马克思主义者"，称此剧是"共产党的宣传"。美国《工人日报》也认为它是一出内容颓废的戏。西班牙上演此剧后，天主教派报刊甚至把它视为"不信仰上帝的灵魂遭到幻灭的明证"。[①]

　　但是，美国某一推销员协会却把作者奉为自己的守护神，而另有一些推销员商会则抱怨说，由于它的影响，使他们在招聘新推销员时遇到了困难。好莱坞曾不惜耗资百万把它拍成电影，却又害怕它在社会上引起不

---

　　① 罗伯特·阿·马丁编《阿瑟·米勒戏剧散文集》，维京出版社，1978年，第140页。

良后果，挖空心思在正片前加演一部文献纪录片，特意说明推销业对社会经济是多么地重要，推销员的生活是多么有保障，而正片中的主角只不过是极其个别的例子而已。

米勒在与《纽约时报》记者的一次谈话中强调他写此剧的主要动机是想"维护个人的尊严"。他还在一篇文章中说，此剧"自始至终贯串着一个人在世态炎凉的社会中生存的景象。那个世界不是一个家，甚至也不是一个公开的战场，而是一群克服失败的恐惧、前途无量的人物的盘踞地"①。一九八三年，米勒在北京时又说："我是要探索如何通过一出戏反映社会、家庭和个人的现实，以及人的梦想。写这出戏时，我抛开了一切顾虑，只追求写出反映真实的内容……这出戏一直保持着它的影响，因为它反映了这个混乱的现代社会中各种自相矛盾的现象，包括精神生活方面的自相矛盾。"② 在自传中，米勒还透露道：

---

① 《阿瑟·米勒戏剧散文集》，第 143 页。
② 《阿瑟·米勒在〈外国戏剧〉编辑部做客》一文，北京《外国戏剧》，1983 年，第 3 期，第 7 页。

我在写作过程中嗤嗤发笑，主要是针对威利那种彻头彻尾自相矛盾的心理，正是在这种笑声中突然有一天下午冒出了这出戏的剧名。以往有些剧本，诸如《大主教面临死亡》《死亡和处女》四部曲等——凡是剧名带有"死"这个字眼儿的戏素来都是既严肃又高雅的，而现在一个诙谐人物，一大堆伤心的矛盾，一个丑角，居然要用上它啦，这可真有点叫人好笑，也有点刺目。对，我的脑海里可能隐藏着几分政治；当时到处弥漫着一个新的美利坚帝国正在形成的气氛，也因为我亲眼见到欧洲渐渐衰亡或者已经死亡，所以我偏要在那些新头目和洋洋自得的王公面前横陈一具他们的信徒的尸体。在这出戏首演那天晚上，一个女人，我姑且隐其名，愤恨地把这出戏称作"一枚埋在美国资本主义制度下面的定时炸弹"；我倒巴不得它是，至少是埋在那种资本主义胡扯的谎言下面，埋在那种认为站在冰箱上便能触摸到云层、同时冲月亮挥舞一张付清银行购房贷款的收据而终于成功之类的虚假生活下面。①

总之，米勒在此剧中有意无意地戳穿了美国社会流行的人人都能成功这一"美国梦"的神话。

《萨勒姆的女巫》

《萨勒姆的女巫》描写的是一六九二年在北美马萨诸塞州萨勒姆镇发生的迫害"行巫者"的案件。当时那里居住着一支盲信的教派（清教徒），形成一种政教合一的统治，他们排斥异教徒，制定了自己的清规戒律，禁止任何娱乐活动，实行禁欲主义。一场"逐巫案"就是在这种基础上发生的，而在这场骗局的背后则是富豪们对土地的吞并和掠夺，结果酿成了萨勒姆镇的一场四百多人被关进监狱、七十二人被绞死的悲剧。米勒在此剧中成功地塑造了男主人公普洛克托的英勇形象，他被人诬陷，遭宗教法庭处以重罪投进地牢。他虽有强烈的求生欲望，却不愿以出卖朋友、出卖灵魂为代价换取屈辱的生存，最后毅然走上绞刑架。他以自己的死严正宣

①《阿瑟·米勒自传》，第184页。

告了人的尊严和正直的美德是不可侮的，因而也是不可战胜的；而宗教束缚和神权压迫则违背人性，是反人道反科学的，因而是腐朽的，必然会灭亡的。

五十年代初美国麦卡锡主义猖獗一时，米勒本人也屡次受到非美活动调查委员会的传讯，并被判处"藐视国会"罪。因此，关于《萨勒姆的女巫》，西方一般剧评家都认为米勒是有意识地借这部关于宗教迫害的剧本影射当时非美活动调查委员会对无辜人士的政治迫害。米勒承认有此意图，但强调此剧具有远比只是针砭一时的极右政治更为深远的道德涵义，旨在揭露邪恶，赞颂人的正直精神。美国剧评家马丁·哥特弗里德认为此剧"可与米勒自己在美国众议院非美活动调查委员会上作证时英勇不屈、慷慨陈词的表现相提并论。作为一部戏剧作品，它结构匀称，充满激情；作为一部伸张正义的作品，它具有一种罕见的庄严气氛"。

《萨勒姆的女巫》于一九五三年在美国纽约上演后，受到观众热烈的欢迎，荣获安东纳特·佩瑞奖。一九五七年，法国著名作家让-保罗·萨特把它改编为电影剧本。一九六二年，苏联斯坦尼斯拉夫斯基剧院在排演时强调了剧作的现代影响：爱好自由的人类精神对抗邪恶和反动势力的胜利。一九六五年，英国老维克剧团由著名戏剧家劳伦斯·奥立弗执导并主演此剧，轰动一时。此剧还曾在其他许多国家上演，卖座率始终不衰，成为阿瑟·米勒的一部最能持久上演的剧本。

一九八一年九月，上海人民艺术剧院将这出戏搬上我国舞台；黄佐临先生亲自执导，深刻发掘剧本本质，并给予鲜明的舞台体现，得到历经十年浩劫的我国观众深刻的理解。一位观众写信道："欣赏阿瑟·米勒这出名剧，得到一次高级的享受，十分感谢！为了维护政教合一，为了巩固其蛮横不合理的统治，不惜愚昧乡民，造谣诬陷，草菅人命，前两幕揭露已很有力，后两幕则更为深刻。"[①] 另一位观众在信中感慨地说："历史常有惊人的相似之处，这个教训太深刻了，历史悲剧不能再重演！"[②]

《两个星期一的回忆》

此剧自传性浓厚，写的是纽约一家汽车零件批发公

---

① 《星期六评论》，1979 年。

② 《谈佐临导演的〈萨勒姆的女巫〉》一文，北京《外国戏剧》，1982年，第 2 期。

司顶楼发货室里职工工作的情况。他们浑浑噩噩地过日子，有的酗酒、寻欢作乐，有的胸无大志、过一天算一天，有的因年老体衰即将被老板辞退。青年职工伯特（当年作者本人）无限感慨地说："每天早晨看到他们为什么使我伤心泪下？这就像是在地铁里，每天看到同一些人上，同一些人下，唯一的变化是他们衰老了。上帝！有时这真把我吓呆了；我在这个世界上，就像在一个偌大的房间里来回冲撞，从南墙到北墙，从北墙到南墙，永远没个头啊！就是没个头啊!"伯特后来攒够了钱去上大学，临行时向大家告别，但他们却忙于干活儿，对他离去毫无表示，他只得默默地走了。

有些英美剧评家认为这出戏像"活报剧"，是在批评人生的绝望和悲哀。米勒不同意这种看法，并称此剧是一出"哀婉的喜剧"，或是一部本世纪三十年代的文献记录。"我写这部剧本部分原因是想再体验一次那种公开而赤裸裸的贫困现实，同时也希望为自己表明希望的价值，以及为什么要产生希望，还有那些至少懂得如何忍受那种毫无希望的痛苦的人们所具有的英雄品质。"① 他认为剧中所谈的是"人生需要有一点诗意"，而且还承认他特别偏爱这出戏。

《桥头眺望》

此剧最初为独幕剧，一九五五年在美国上演并未受到重视，后米勒把它修改成两幕剧，于一九五六年在伦敦和巴黎上演时才获得成功。全剧写的是三十年代美国的意籍移民的生活。两名意大利年轻兄弟因在家乡失业而非法进入美国，暂居已归化为美国人的亲戚埃迪家中。哥哥挣钱寄回老家养活妻儿老小，未婚的弟弟却同埃迪养大的外甥女产生了恋情，遭到埃迪变态的妒忌和反对，并招致他向移民局告发，兄弟俩均被扣押。在保释期间，哥哥由于埃迪断送了他的生活出路而在一次争斗中把埃迪刺死，酿成一场悲剧。美国进步报刊当时曾给该剧以好评，认为米勒在此剧中有如实反映美国工人阶级生活的一个侧面的意图。

米勒说这出戏是他根据一桩真人真事写成的，他认

---

① 《阿瑟·米勒戏剧散文集》，第 164 页。

为剧中的主人公埃迪"并不是一个值得哀怜同情的人物，此剧也无意使观众落泪。但是，它却有可能使我们把埃迪的举动同我们自己的举动联系起来反省，从而更好地剖析自己，认识到我们并不是一些孤立的心理实体，而是同自己同胞的命运和悠久的历史密切相连的"。[①] 此剧仍属于米勒一贯喜爱创作的社会道德剧，其中探讨了人性、人的尊严以及新旧道德概念和法则之间的冲突。在写作手法上，米勒在剧中安排一名律师来穿插叙述案情，起到了类似希腊悲剧中合唱队的作用。

《美国时钟》

此剧是米勒以三十年代美国经济大萧条为背景写出的一个社会剧。据他本人说，他是受美国作家斯特兹·特克尔《艰难的日子：一部关于大萧条时期的口述历史》一书的启发，经过多年酝酿才写成这出戏。特克尔通过他所访问的众多普通美国人的口述，以新闻体裁生动地反映了三十年代那场席卷整个资本主义世界的经济危机给美国人民精神和生活带来的灾难，而米勒则把这

①　阿瑟·米勒《桥头眺望》修订本前言。

一惊心动魄的悲惨景象更为真实地再现于舞台。全剧人物多达四十余个,几乎囊括了美国社会各阶层人士。有的美国剧评家由此而认为剧作家没有着重刻画三两个主人公的面貌,是此剧的一项缺陷,殊不知米勒的意图正在于说明那场危机"几乎触及了所有的人,不管他住在什么地方,也不管他处于什么样的社会地位"。他用戏剧形式在观众面前展现了一幅文献性壁画,侧重灾难的全貌,从而重振人们的尊严和信心。这种形式早在布莱希特的一些剧本和多斯·帕索斯的那部《美国》三部曲小说中有关新闻短片的章节里就已出现过,米勒则把它做了进一步的发挥。

米勒的剧本一向具有自传性质。由于他目睹了那场危机,《美国时钟》中的许多场景可以说是他根据回忆记录下来的真实情景,例如剧中人李中学毕业后因家庭生活拮据而不得不辍学进入工厂工作,就是他自己的一段亲身经历。又如米勒参加过当时的左翼运动,剧中一些青年钻研马克思和恩格斯著作,追求进步思想,尽管个别人有糊涂思想,也不足为怪,它仍然可以说是米勒对当时美国青年思想面貌如实的写照。尤其值得称道的是,全剧阐述了美国人民经历了那次浩劫后终于认识到

"这个国家其实是属于他们的"。以这一思想转变作为全剧的结尾，说明米勒在创作思想上已突破了过去那种仅仅局限于描写资本主义社会中推销员等小人物的个人悲欢离合的狭隘题材。米勒写此剧的动机，无疑是想告诫美国人民，尤其是青年一代，不要在虚假的繁荣景象中忘却过去沉痛苦难的历史，其用心良苦使《美国时钟》具有较深刻的教育意义。

此外，米勒在这出戏的创作手法上，也沿袭了他所惯用的倒叙穿插、不受时空限制的技巧，而且运用得更加自如。该剧布景简朴，场景转换迅速，道具由演员带上舞台，充分发挥舞台灯光的效果，这一切都显示出这位老剧作家仍然在不断探索戏剧创作的新手法。

《美国时钟》一九八〇年五月首演于南卡罗来纳州的斯波莱托剧院，十一月移至纽约百老汇，但仅上演了十二场，未受到应有的重视。米勒并未气馁，对剧本做了精心的修改，于一九八四年奥运会前夕在洛杉矶马克·泰珀剧院再度公演，终于获得好评。同年英国伯明翰的轮换剧目剧院也上演了这出戏。《卫报》评论道："与其说它是一出传统剧，毋宁说它是大萧条期间万花筒般的美国社会史。这出戏很可能不是米勒的杰作之一，但它表现了戏剧概括时代基调的力量。"一九九五年，英国阿瑟·米勒研究专家克里斯托弗·比格斯贝编辑的《阿瑟·米勒剧本选》（轻便本）中选入的《美国时钟》，又经米勒重新做了修订。

三

除去剧本，米勒还写过小说《焦点》、《我不再需要你：短篇小说集》和儿童读物《珍妮的毯子》等。他一九八七年发表的《时移世变》（自传）约五十余万言，堪称近年来美国出版的一本优秀自传。

在自传中，米勒叙述了犹太裔祖代从波兰移居新大陆后的创业经过，以及父亲在三十年代初经济大萧条时期破产而由母亲典当求告挽救家庭困境的惨状，继而回忆了自己中学毕业后四处打工，干过不少种苦力活儿，一度幻想当歌星，后来积攒些钱进入密歇根大学学习，迷上戏剧，逐步成为剧作家的经历。在这期间，他接触到马克思主义，寄希望于苏联和社会主义，并积极从事左翼文艺和反法西斯等进步活动，导致五十年代中期遭到非美活动调查委员会的传讯，并被判处"藐视国会罪"。嗣后他参加了反越战运动，又积极投入国际笔会的活动。

书中详尽阐述了他一贯反对百老汇商业化戏剧的观点，他对戏剧所持有的精辟独到的见解，以及他创作每部剧作的艰苦历程。对众多同时代的剧作家、小说家和诗人（包括奥尼尔、奥德茨、威廉斯、海尔曼、斯坦贝克、梅勒、贝娄、庞德和弗罗斯特等人），他都给予不人云亦云的评价。他也接触到许多戏剧和电影界的导演和演员，诸如哈里·霍恩、伊莱亚·卡赞、李·斯特拉斯堡夫妇、劳伦斯·奥立弗和克拉克·盖博等人，对他们都作了细致而有趣的描绘。书中也包括了他的三次婚姻，首次披露了他与梦露一段姻缘的恩恩怨怨。他以深切同情的笔触描述了孤女出身的梦露受尽社会压力的折磨和别人的剥削、身心忧郁而艰苦奋斗的一生，批驳了外界对梦露的歪曲宣传；此外，他也欣慰地谈到他与奥籍摄影师英格博格·莫拉斯结合后互敬互爱的美好生活。

在写作结构上，米勒没有严格采取按年代顺序平铺直叙的手法，而是把一生事迹前前后后、纵横交错地穿插叙述，有时两三件事交叉进行，环环相扣，恰到好处，真有点像《推销员之死》的主人公威利·洛曼脑海中那种过去与现在交错闪现那样，或者说更像电影画面淡入淡出交叉隐现的技巧。这种新颖手法无疑使这部自传别具一格，使读者不觉得枯燥乏味。米勒的文笔犀利，隽永流畅，时而还充满诙谐幽默感，颇有契诃夫的风格（契诃夫是米勒最崇敬的两位作家之一，另一位是托尔斯泰）。在回顾往事时，他还夹叙夹议，其中不少富有哲理的涵义，发人深省，甚至可以使人从中得到启发和教益。

这部自传不单单是个人的感人肺腑的故事，而且近乎是一部当代美国社会编年史，为读者了解二十世纪美国文坛、剧坛以及美国社会不断演变的情况提供了丰富而珍贵的资料。

四

阿瑟·米勒不仅是美国当代著名剧作家，而且也是一位卓越的戏剧理论家。他论述戏剧的文章已由密歇根大学罗伯特·阿·马丁教授编成《阿瑟·米勒戏剧散文集》，于一九七八年出版，在西方戏剧界颇有影响。

米勒跟奥尼尔一样，创作的剧本多半是有关普通人的悲剧，他认为普通人与帝王将相同样适合作为高超的悲剧题材，但是他又不赞成把悲剧写成悲怆剧，在他看来，悲剧和悲怆剧之间的主要区别在于悲剧不仅给观众带来悲哀、同情、共鸣甚至畏惧，而且还超越悲怆剧，给观众带来知识或启迪。他认为悲剧是对为幸福而斗争的人类最精确而均衡的描绘，"因为悲剧是我们拥有的最完美的手段，它向我们显示我们是什么样的人，我们必须做什么样的人，或者我们应该力争做什么样的人"①。他也不同意那种认为悲剧作家都具有悲观主义的论调，"悲剧事实上所包含作家的乐观主义程度要比喜剧还要多，悲剧的最终结局应该是加强观众对人类的前景抱有最光明的看法"②。米勒这种见解无疑会加深人们对悲剧的理解。

米勒一贯反对西方商业化、纯娱乐性的庸俗戏剧，坚信戏剧是一种反映社会现实的严肃事业。他认为剧作家如果不去调查社会作为一个明显而关键的部分所具有的全部因果关系，就不可能创作出一部真正高水平的严肃作品。米勒一九五六年曾经在一篇题为《现代戏剧中

① 《阿瑟·米勒戏剧散文集》，第11页。
② 同上书，第6页。

的家庭》的文章里感叹道：

　　在过去的四五十年里，一般的现实主义遭到了攻击——原因在于它不能美妙而自如地在私人生活和社会生活之间越来越扩大的鸿沟上架起桥梁。表现主义对这也解决不了，因为它完全抛却心理上的现实主义而跨跃到单独描绘社会力量那一方面去了，从而使问题遗留下来。所以我们现在的许多剧本都或多或少具有颓废的气氛；在过去的十年里，这些剧本越来越趋向单独详述心理因素，而很少或无意把人物的社会作用和冲突弄清并加以戏剧化。任何一位明智的人显然都明白人类的命运是社会性的，所以把那些摒弃社会的作品归结为腐朽是恰当的。[1]

　　此外，米勒还曾说过："社会在人之中，人在社会之中，你甚至不可能在舞台上创造出一个真实描绘出来

---

[1]《阿瑟·米勒戏剧散文集》，第82页。

的心理实体，除非你了解他的社会关系。"米勒的这种观点，即人的命运是社会性的，舞台应是一个较之单纯提供娱乐更为重要的传播思想的媒介，它应该为一个严肃的目的服务，是值得称道的。米勒在他改编的《人民公敌》序言中呼吁道："剧作家必须再次表明有权利以他的思想和心灵来感染观众。公众也有必要再次认识到舞台是一个传播思想和哲学、极为认真地探讨人的命运的场所。"①

不过，米勒不赞成在剧作里干巴巴地说教。他主张戏剧应当使人类更加富有人性，也就是说，戏剧使人类不那么感到孤独。

在艺术创作手法上，阿瑟·米勒曾说他是"规规矩矩地以传统的现实主义为基础，而且试图使用各种方式来扩展它，以便直接甚至更猝然、更赤裸裸地提出隐藏在生活表面背后的、使我感动的事物"②。确实如此，米勒多次巧妙地运用了表现主义和象征主义等方式，丰富了他的现实主义创作。他一直在不断地探索，不断地创新。

---

① 《阿瑟·米勒戏剧散文集》，第17页。
② 同上书，第167页。

米勒对马克·吐温做出过这样的评论："他并非在利用他那种跟同时代的公众幻觉相疏离的态度来抗拒他的国家，好像没有它也能生存似的，而显然是想借此来纠正它的弊端。"[①] 这恰恰也适用于米勒本人，正是他本人的写照。

一九七九年美国著名剧评家马丁·哥特弗里德在《星期六评论》杂志上撰文称米勒的《推销员之死》、《萨勒姆的女巫》和《桥头眺望》是"三部气势宏伟的剧本，具有显示人性的广泛内容，却又高于现实生活，因为它们诗意盎然并具有崇高的道德力量。毫无疑问，阿瑟·米勒是美国戏剧的良心"。他认为世界上只要还有舞台存在，这三出戏就会上演，传之不朽。

梅绍武
一九九七年初稿
一九九八年六月校订

---

① 阿瑟·米勒为《马克·吐温牛津选本》（牛津大学出版社，1996年）写的前言。

英文版导言

　　一九三八年，阿瑟·米勒从密歇根大学安娜堡分校毕业，他满怀憧憬。他已经两次获得久负盛名的霍普伍德戏剧奖，还有一次得了第二名。他有一出戏被底特律的联邦剧院搬上了舞台，尽管只演了一场。他回到纽约，自信能够征服百老汇。毕竟，霍普伍德戏剧奖的评委来自纽约戏剧界，他也确实很快加入了联邦剧院——一家由罗斯福总统的公共事业振兴署创立的机构。

　　甚至当他在布鲁克林家中地下室里改写密歇根时期的一出戏，想要把它卖出去时，他还同时在写另一出戏，是关于蒙特祖马和科尔特斯的故事，剧中角色众多，正是联邦剧院能够负担的规模。然而，尽管有经纪人、制作人、演员和编剧同事的鼓励，工作却毫无进展，到一九三九年，联邦剧院就因涉嫌开展亲共活动而被关闭了。与此同时，百老汇对他并无兴趣。

不过，戏剧只是其中一种可能，如果剧院走不通，总还可以写短篇小说或长篇小说。他都写了，但没有地方发表。唯一成功开拓市场的是广播剧，而广播剧又开发了其他的可能性。他主要在国会图书馆工作，也接受委托为一部电影写剧本，其灵感部分来自战地记者厄尼·派尔的报道。这份工作使他跑遍了全国的军事基地，尽管最终的电影《美国大兵乔的故事》（*The Story of G. I. Joe*）是别人写的，他却在一九四四年出版了一本关于这段经历的书：《情况正常》（*Situation Normal*）。

这些项目带来了经济收益，但是对于一个眼睛仍然盯着百老汇的人来说，几乎没有什么满足感。然后他就有了突破。他原本作为小说写的一部剧本被接受了。时隔六年，在他二十九岁的时候，似乎终于达成了目标。他的戏将在百老汇制作上演，在今天，这对初次写作的人来说几乎是不可能的事。这出戏叫《吉星高照的男人》，将由卡尔·斯温森主演，他曾经出演过米勒的几部广播剧。这出戏在威明顿市进行了试演，一九四四年十一月二十三日在纽约的森林剧院首演。它本应成功，却遭遇惨败。吉星，似乎并没有照着它。

小说和后来改编成的戏剧，灵感都来自米勒从他岳母那里听到的一个故事。说的是有一个亲戚，在他位于俄亥俄州的谷仓里上吊了。令米勒感到好奇的，也是让那个男人的妻子困惑的地方，就是他曾经很受欢迎，即使在大萧条时期也不愁没工作。然后他出现了明显的精神障碍。当时，他是一家加油站的老板，这是他在二十多岁时就获得的财产之一，他开始痴迷查账，害怕员工挪用公款。这种偏执状态越来越严重，尽管接受了治疗，他还是自杀了。米勒感兴趣的不是他的精神病，而是一个成功人士被死亡吸引的念头，尤其是在远离城市压力的乡村背景中。

米勒对此感兴趣，还因为他表妹的丈夫莫伊也猝然离世了。这也是一个成功人士，即使在大萧条时期，别人破产倒闭，他仍生意兴旺。在布莱顿海滩游泳时，他突然昏倒了，奇怪的是，他的尸体被试图抢救他而未果的医生开车带回了家。他的人生起落看起来变幻莫测。

如果说他看似受到了上天眷顾，那么他也同样无常地变成了宇宙的牺牲品，他的出生似乎没有更大的目的，就是为了死亡。《吉星高照的男人》，至少在其最初的形式上，是对荒诞的探索，它揭示了一个贝克特笔下的角色将会观察到的事实，即人类双脚跨在坟墓上分娩。通过反转极性，上演看似对灾难免疫的人——吉星高照的男人——的困境，米勒推导出的意涵是，灾难是这个人自然得到的命运；事实上，对人类来说同样如此。

这是一则黑暗的寓言，在某些方面，它让人想起加缪一九三八年的戏剧《卡里古拉》，因为主人公检验了这样一个命题：存在没有支配性的原则，没有内在的意义，他却迫切希望找到相反的证据。

米勒解释说，不同版本的《吉星高照的男人》，都在和一个无法回答的问题"较劲"，那就是命运的公正性问题：为什么一个人失败了，而另一个能力与之不相上下的人，却在生活中取得了荣耀。米勒后来推测，可能是因为他本人的天赋和成功与其他人的匮乏形成了对比，这才激发了他的兴趣。另外，由于踢足球受伤而远离战争，他意识到，当他蒸蒸日上的时候，包括他的兄弟在内的其他人却每天冒着死亡的危险。对他们来说，生活是暂停的，甚至是被剥夺的；而对他来说，生活提供了机遇、家庭，以及成功——尽管还只是小范围的。

这其中的正义在哪里？这个世界是否存在某种潜在的道德秩序，抑或一切都只是机遇的产物？如果是后者，那么除了绝望，还生发出什么？

作为戏剧的前身，小说讲述了戴维的故事，他是一个二十多岁的年轻人，颇有才能，事事成功。他当上了机修工，靠直觉应付活计，直到遇上一辆他检查不出毛病的汽车。他把车送到邻镇的一家专业修车厂，但维修的功劳算在了他身上。因此，他作为机修工声名鹊起，并获得了一份为邻近农民修拖拉机的合同。从此，他的生意越做越大。渐渐地，他又增加了其他业务，同样大获成功。但他越来越意识到，他的周围充满了生活中的失败者，正如他意识到自己的事业建立在那个谎言之上。

他的一位朋友肖里在战争中失去了双腿，因此感到配不上自己所爱的女人。另一个朋友阿莫斯，被父亲训练成棒球投手，尽管他很有天赋，却没有被大联盟选中，因为父亲指导他在家中地窖里训练，导致他对比赛的其他方面反应迟钝。第三个朋友 J. B. 费勒日子似乎过得不错，甚至有了他和妻子迫切想要的孩子，却在酒后不慎害死了那个孩子。

相比之下，戴维诸事顺遂。他有了想要的孩子，尝试的事业都能成功，但他的成功滋生出越来越深的偏执。他等待着灾难的降临，感到只有灾难才能平衡他的运气，倘若这个世界有真正的正义。他开始像这个人物的原型那样，检查他名下加油站的账目。他感到他的孩子必将死亡，并为此做准备，以某种变态的方式，为完美无缺的生活付出代价。最后，他自杀了，隐约感到他将以此解除自己的家庭必然遭受的诅咒。

　　也许死亡是一个标志，表明小说仍然太接近它的现实源头，但也许它也是一个证据，表明对米勒而言，死亡抬高了赌注，赋予一种深化的意义。他一直在追求悲剧性，却陷入了单纯的病态。当他要写剧本的时候，他选择了不同的结局。他还引入了一些变化，其中至少有一个变化将被证明具有持久的意义。

　　在戏剧中，戴维·比弗斯与海丝特的婚姻受到她父亲的阻挠。这个愤世嫉俗的老人，很突然地死于交通事故。通向成功的第一个障碍就这样便捷地被移除了，这种便捷性是一个线索，暗示了这出被米勒称为"寓言"的戏剧的风格。它的不可能性（戴维买了一家加油站，一条公路的开发意外地使其获利；他投资水貂养殖，并在一场事故中幸存，而对手的财产却化为乌有）表明它是一个道德故事，事实上，正是由于导演无法确定一种适合它的风格，在某种程度上造成了初演的失败。

当戴维遇到汽车故障，他的技术又无法解决时，他不是像小说中那样，把车送去了另一家修车厂，而是一个叫古斯的奥地利机修工来解决了问题。小说中的两个元素就这样被联系在一起，而戴维成功的第二个障碍也被移除了。由此，他成为一个吉星高照的男人，并与周围的人形成鲜明对比，尽管那些填塞小说的次要情节被压缩了。同时，未来的棒球运动员也被纳入这个故事中，米勒让他变成戴维的哥哥；不仅对这部剧，而且对米勒今后的作品而言，这都是一个至关重要的变化。

正如他后来解释的："《吉星高照的男人》通过它无数的版本，逐步使我第一次明确认识到父子冲突和兄弟冲突……有一天，突然之间，我发现阿莫斯和戴维是兄弟，而帕特是他们的父亲。于是故事里有了别样的痛苦，我从内心深处新生出一种无法言传的确信，那就是我看到了别人从未看到过的东西。"① 此时他才意识到，他在大学写的两部剧也是以兄弟为主角的，而米勒本人作为两兄弟之一，觉得自己理解了支撑这部剧的张力。

父子关系和兄弟关系，突然打开了新的可能性，米勒将在之后二十多年的创作中展开探索。他开始感受到家庭中包含着另类的可能性，在某些意义上，是自我的碎片（精神/物质，诗意/平庸，被祝福/被诅咒）之间的张力。《推销员之死》和《代价》彰显了这一点，在这两部剧中，兄弟俩有一种辩证的关系，尽管这种关系充满模糊性。与此同时，父子关系联结起了过去与现在，希望与实现，或落空。这些关系是身份焦虑、价值观争议、矛盾的爱，以及愧疚之情的根源所在。不过，在《吉星高照的男人》的背景中，米勒决定让戴维和阿莫斯成为兄弟，似乎主要是为了让作品扎根于他能够理解和适应的心理学。

这部剧的核心是对人类自由程度的关切。除了讲述一个人陷入疯狂并最终得到救赎的过程外，该剧还探讨

---

① 《阿瑟·米勒自传》，梅休因出版社，1987 年，第 90—91 页。

了许多人物如何以无关痛痒的方式成为同谋，他们在多大程度上认同人是受害者、是宇宙讽刺对象的观念。其中心是一种存在主义的信念，即我们是我们行为的总和，这个信念被大多数人物所抵制，包括疯狂中的戴维。他们中的一些人如果不是上帝的信徒，那就是命运的信徒，他们选择命运这个词，将自身和社会的瘫痪归结于它。对他们来说，机遇是生活中的有效原则，若果真如此，那么相信一个人可以改变自己命运的想法就是虚幻的。命运是不作为的借口。身份是偶然性的产物。一种达尔文式的逻辑，自然选择有利于某些人而不利于其他人，似乎是唯一能看到的原则。

随着剧情的发展，戴维本人也皈依了这种信仰。他想要从人的存在中寻找一种正义，寻找社会意义上的，乃至形而上的一致性。因为找不到，他几乎要毁灭自己，此时他相信，自己没有力量或理由来干预自己的生活；平衡的正义的缺失使他几近绝望，似乎只有通过自杀才可能找回。

不难看出，米勒认为这在某种程度上触及他曾看到的问题，那就是面对法西斯主义时，欧洲人和美国人都感染了政治和道德上的麻痹症。对他来说，这种不作为所揭示的不仅仅是意志的失败，还有超越单纯的政治实用主义的东西。仿佛对行动的可能性的信念已经被摧毁，仿佛法西斯席卷欧洲是一种自然现象，因此不可抗拒。除此之外，他似乎还发现了一种更为根本的失败主义，因为在这部先有小说而后创作的戏剧中，人物承认了经验的纯粹任意性，他们似乎接受了受害者的角色，凝视自我制造的绝望的深处，欣然迎接那种眩晕感。

对戴维而言，并非从来如此。在戏剧的开端，他是一个抓住时机的人。用他哥哥阿莫斯的话说，他知道"怎么做"。其他人则比较沉寂。因此，他的父亲希望阿莫斯获得成功，多年来一直在训练阿莫斯，最后却是戴维打电话给球探的，他问道："你能干等着天上掉馅饼吗?"与之相反的是肖里，他在一定程度上呼应了克利福德·奥德茨剧作《醒来歌唱》(*Awake and Sing*)中的莫·阿克塞尔罗德的形象，战时经历使他变得愤世嫉俗。对他来说，"人就像水母。潮起了，潮落了。他经历过什么事，没什么可说的"。奥地利机修工古斯最初也认为，"世界上没有正义"。

戴维起初抵制这种观点，因为如果不抵制，他就会濒于疯狂。他这样说道："如果一个人没有得到他应得的东西……那么，这就是一间疯人院。"然而这一原则似乎并不奏效。他周围的许多人都失败了，随着这些证据的累积，他感到无望的情绪上涨，而绝望转化为疯狂。他不能从成功中获得乐趣，因为他感到他的成功和其他人的失败一样是随机的。他变得越来越绝望。像威利·洛曼那样，他买了一份人寿保险，似乎通过用他的生命换取家庭的未来，他所期望的平衡就可以得到保证。这是一桩交易，他没有意识到其中的讽刺意味。

毕竟，除了上帝，他还能是和谁在谈交易呢？而他找不到令人信服的证据来证明上帝的存在。如果我们不在上帝的照看之下，那么我们存在的理由是什么？如果上帝不存在，那么一切都有可能。这个令萨特和加缪都着迷的问题，米勒也同样关心，而他的百老汇观众，或许更准确地说，作为百老汇守门人的批评家也许并不关心。米勒的主人公和加缪的卡里古拉之间有很大的区别，但他们都检验出一个荒诞的命题，那就是不仅没有道德制裁，而且根本没有道德体系。在小说中，戴维走向了死亡，成为他对荒诞的信仰的受害者。在戏剧中，他学会了一种社会伦理，这种伦理产生于对能动性的个人理解。

戴维的身份和社会角色最初根植于一个观念，即他是自己未来的创造者，但随着疑虑开始侵入，这种意义开始消解。戏剧的焦点转移到他不断加深的焦虑上。他的精神状态如果没有决定事件本身，那也决定了他对事件的看法。随着戴维筛选经验以获知意义，或者说，逐渐获知其缺乏意义，这部剧实际上因循了向内的轨迹。他的人生，以及他选择为周围人创造的人生，与其说是在生活，不如说是被他自己塑造成了一个模范故事。他站在自身之外观察，似乎无力行动。

他疏离于自己的生活，因为他无法确定超越性的目标，而他认为只有这种目标才能赋予生活意义。他的身份几近被摧毁，因为他选择从那不存在的力量的角度来看待它。他挣扎于希望和绝望之间，在剧中的大部分时间都没有认识到这样一个事实：他的生命掌握在自己手中，而且那些人际关系——与妻子、孩子、朋友的关系——包含着他在抽象原则中寻求的意义的本质。在这一点上，他与《推销员之死》中的威利·洛曼如出一辙，后者被一个梦想所迷惑，看不到那些珍视他本人的人。

古斯解释了戴维所失去的东西，明确地谈到了其中牵涉的更广泛的问题："一个人必须拥有的东西，一个人必须相信的东西。那就是在这个地球上，他是自己生命的主人。不是靠占卜杯子里的茶叶，不是靠看星星。在欧洲，我已经看到几百万个戴维四处游荡，几百万。他们已经不再相信……自己值得拥有这个世界。"他解释说，人是他自己的上帝，"必须理解，上帝存在于他的双手之中"。

在小说中，戴维死了；在戏剧中，他活着。他能活下来，是因为他最终相信，他的成功实际上是靠自己的双手挣来的，正如他周围一些人的失败，也可以追溯到他们自己的过失。事实证明，肖里对他失去双腿负有责任，那不是在战场上受的伤，而是在一家妓院发生的事故。J. B. 的生活一直不尽如人意，是因为他酗酒，尽管在这个版本中，他没有遭受失去孩子的痛苦。阿莫斯和他的父亲缩小了他们的生活范围，直到他们看不见生活可能是什么。这样的生活在某种程度上仍然是偶然性的产物，但这种偶然性并非决定性的。代表任意性的雷声隆隆作响，戴维尽管忧心忡忡，仍然喊出了存在主义的核心真理："我在这儿！"

米勒后来写道："剧中的行动似乎要求戴维悲惨地死去，但这以我的理性主义观点看来不可容忍。在一九四〇年代初，"他补充说，"那样的结局似乎是蒙昧主义的。"① 但问题在于，小说是以戴维的死亡结束的。不过，这种死亡似乎更应归于情节剧而非悲剧，而在戏剧版本中，米勒同时退出了情节剧和悲剧。对他来说，

> 一部戏剧中的行动，就像一个人的行为一样，比其言辞更有说服力；这部戏剧体现了戴维对于确认身份的绝望追求，他渴望打破宇宙的静默，只有这样才能赋予生命本身以信念。换句话说，戴维成功地积聚了生锈的宝物，他的精神却已经离开；这是一个悖论，它将交织在此后的每一部剧中。②

最后一句话特别有意思，不仅强调了他的人物如此敏锐地感受到的缺失，而且使用了《圣经》中的语言。米勒讲述了他与《美国日报》评论家约翰·安德森的一次谈话，安德森问他，在这部剧的语境中，他是否有宗教信仰。当时他觉得这个问题很荒谬，不过，这部剧确

---

① 《阿瑟·米勒自传》（梅休因出版社），第105页。
② 同上。

实在很多方面都聚焦于主人公对被遗弃的恐惧，对某个一致性原则被搁置的感受。戴维希望发明一个他在某种程度上并不相信的上帝，以便发现理由、解释和正义感，否则他就找不到它们存在的证据。他和米勒后来的许多主人公都抵制这一事实，即他是自己的联结、自己的神，对他是谁和他做什么负有全责。

五十年后，在英国布里斯托老维克剧院的演出中，导演保罗·昂温这样回应该剧所提出的风格问题：使之部分转向由安迪·谢泼德特别创作的音乐，部分依靠莎莉·克拉布的舞台设计，她的作品包括《建筑师》和《我们的小镇》，这两部剧的风格也偏离了现实主义，实际上，它们也把自己当作寓言。

在排演前与昂温交谈时，米勒指出："关于我的戏剧，你必须了解这一点，它们的背景是美国梦，前景是美国噩梦。"①《吉星高照的男人》中的人物以这样或那样的方式献身于梦想，而戏剧的进程则是从梦想到噩梦，正是这个转变给导演、演员和设计师带来了挑战。同时，就像苏珊·格拉斯佩尔的《边缘》（*The Verge*）

---

① 布里斯托老维克剧院和小维克剧院版本演出说明书。

一样，它也必须偏离喜剧性，不是转向悲剧性，而是转向精神病理。

戴维是这个梦想的典范，他白手起家，走向成功，积聚财富——"生锈的宝物，他的精神却已经离开"。用威利·洛曼的话说，他甚至很受欢迎，就像威利一样，尽管受欢迎的原因完全不同；他发展出一种要证明自己存在的狂热需求。威利的问题是失败，而戴维的问题在于成功。事实上，他是约伯的镜像：约伯在对其信仰的考验中被剥夺了一切，戴维则在所经受的考验中得到了一切。不过，此处促使米勒留意的并不是梦想的谬误或其他，也并不主要考虑它的社会意义。尽管他有这样的评论，但这部剧并不是对美国梦的批判，除了说到戴维在错误的地方寻找意义。本质上，它是一场关于私人生活和公共生活中意义的来源和性质的辩论。

戴维感到有必要论证上帝的存在，或即将到来的正义，他的理由是，如果没有这样一个概念，没有宇宙的秩序原则，那么任何东西都不会有意义。当他自己和周围人的生活中，纯粹的机遇似乎成了唯一的运行机制时，他感到很害怕。事情只是随机发生，这个想法令人难以容忍。在他看来，有些人成功，而有些人失败，他找不到任何理由。

与小说不同的是，戏剧中的戴维从精神考验中走了出来，虽说并不稳定，不过他似乎相信了他所寻找的逻辑确实存在。他最终相信，人要对自己的行为负责，因果关系是有效的原则。但伤口并没有完全愈合。"任何事情都可能发生……在任何时候"的想法并没有被清除，对一个有效理由的迫切渴望，也没有因为承认他对自己的行为负责而完全得到回应。任意性仍然存在，事实上，米勒将大萧条引入剧中，不过是表明那个时期的社会、经济和心理真相。

市场的崩溃就像约伯的一场灾殃。人们失去生计，关系被削弱，未来似乎突然倒塌了。如果有人事业兴旺，那么这一事实引出的讽刺就更为深刻。米勒自己说过："在一九二九年之前，我以为事物是稳固的。具体来说，我像大多数美国人一样认为，有人在负责。我不知道是谁，但很可能是个商人，他是一个现实主义者，一个不讲废话的人，务实，坦诚，负责任。一九二九年，他从窗口跳了下去。这让人感到困惑。"①

① 阿瑟·米勒：《〈黄金年代〉与〈吉星高照的男人〉·后记》（伦敦，1989），第231页。

大萧条是一个经济事实，但其后果超出了社会效应。机器已经解体。秩序已经瓦解。比政治制度更重要的东西已经崩溃了。现实本身似乎是有问题的。生活的程序、价值和假设，曾经显得那么一致，那么必然，那么可靠，却在一夜之间烟消云散。戴维·比弗斯曾经相信有人在负责，当然不是一个商人，但是有人在负责，直到他突然不能再相信这是真的。上帝，似乎已经跳楼身亡。

然而，除了大萧条之外，还有一个因素导致了这种被遗弃感，即突然意识到任何事情都可能在任何时候发生，经验中没有任何使人获得救赎的一致性。写作《吉星高照的男人》的小说版本时，米勒也在创作关于蒙特祖马和科尔特斯的戏剧《黄金岁月》（*The Golden Years*），两者在某种程度上都回应了远在美国之外的事件。当时和之后，他都在思考法西斯主义。在米勒后来写于一九九四年的戏剧《碎玻璃》（*Broken Glass*）中，侵袭西尔维娅·盖尔伯格的恐惧是由一九三八年的水晶之夜引发的，当时希特勒放出了他的冲锋队，从而宣布他不再承认法律体系、道德必要性和人类价值。突然之间，所有令人欣慰的结构都被扫除了。理性，联结社会、法律和道德义务的复合整体，被有效地宣布为无效。犹太人被宣告为受害者，他们的命运再也无法掌握在自己手中。

随着大屠杀的步伐加快，犹太人成为人类之渺小的终极体现，他们被勒令登上通往毁灭的列车，并受邀为这一特权付费，仿佛讽刺将是最后的情感。希望只维持到金属门的哐当声和散落的粉末的嘶嘶声，它们吸走了那些人的灵魂，那些似乎生来没有其他命运，唯有在恐惧中死去的人。文明的保证在哪里？法律在哪里？上帝在哪里？

置于这一背景下，《吉星高照的男人》似乎反映了许多人所感受到的深深的被遗弃感，因为希望不仅被转化为它的反面，而且本身成为了荒诞的组成部分。戴维·比弗斯对随机的好运的感受，只是同一枚硬币的另一面。他的问题——"为什么"——成为所有人的问题。如果生命以死亡告终，那么意义诞生于何处？

正是针对这个问题，米勒提出了自己的本土的存在主义，他认为人是自我身份的来源，有义务为自己，也为他参与塑造的社会承担责任。对米勒来说，历史并不是某种压垮人类精神的不可抗拒的力量。历史是由人创造的，承认这一事实的人，就可以挑战和改变历史。如果自杀可能是对被遗弃感的合理反应，那么重新投入也是同样合理的。戴维·比弗斯的故事，显然是在一处不起眼的地方的一个个体的私人困境；但对米勒来说，在该剧以及他的全部作品中，私人和公共是紧密联系在一起的，因此，他的主人公提出的问题也就延伸到了世界。

正如他所言："《吉星高照的男人》告诉我，在集体主义的一九三〇年代，无论压倒性的力量如何，我相信个人对自己生活的想法和行为是决定性的……戴维·比弗斯尽可能地接近一种可行的、有条件的信念，即世界对他的意图是中立的。"①

米勒说过，《吉星高照的男人》"试图衡量我们的生活有多少是我们性格的结果，有多少是我们命运的结果"。对他来说，"没有可能……去站到哪一边"。② 在这个意义上，他放弃了萨特式存在主义的严苛，即让个人对行动和不行动都承担全部责任。对米勒而言，经验

① 阿瑟·米勒：《〈黄金年代〉与〈吉星高照的男人〉·引言》，第8页、第10页。
② 梅尔·古索：《他想，生活意味着等待一件坏事》，《纽约时报》，2002年4月28日，艺术版第9页。

的任意性不能否认，必要的是将其塑造成意义，毕竟，这正是他认为作家在使经验成形时所做的事情。

该剧收到的评论是负面的，或者用米勒的话说是莫名其妙的，他自己也感到，他和导演都没有理解其反现实主义的要旨。它需要一种他们从未找到的表现风格。一九四四年十一月二十九日的《综艺评论》页面底部有一条说明，宣布"在四场演出后于周六撤场"。由于其中一场是日场，该剧只演了三天。这是一场惨败。正如米勒后来所言："站在剧院后面……我不能责怪任何人。"它"就像用错误的乐器、在错误的音阶上演奏的音乐……当最后一场演出结束，我和演员告别之后，坐上开往布鲁克林高地的地铁，读到盟军空军重击了纳粹控制下的欧洲，那几乎是一种解脱。有些地方发生的有些事情是真实的"。①

但他从来没有忘记《吉星高照的男人》。该剧的灵感部分来自大萧条和战时的关切，不过事实证明，它是能够与其他时代和其他地方的人进行对话的寓言。一九八八年，一次舞台读剧使米勒相信，该剧仍有生命力。

① 《阿瑟·米勒自传》（梅休因出版社），第104—105页。

一九八九年，它和《黄金岁月》合并，由一家英国出版社再版，并于布里斯托老维克剧院和小维克剧院上演。米勒强调，这一版演出捕捉到了"某种讲述命运之神秘的童话的神奇、天真和纯洁之感"，他现在看这出戏，有"青春的明亮色彩……遍布其中，有年轻人对未来的执着，以及天命如何看待人的生活"。[①] 这次演出得到了好评。

二〇〇〇年，该剧在洛杉矶又进行了一次舞台朗读，次年在马萨诸塞州的威廉斯敦艺术节被制作上演，克里斯·奥唐纳扮演戴维·比弗斯。在首演惨败五十八年后，这一版本在二〇〇二年上了百老汇。一九四四年，《纽约时报》对该剧不屑一顾，这次却称赞它"令人信服"，并问道："它怎么会在半个多世纪前被轻易否定？"《吉星高照的男人》终于走运了。

克里斯托弗·比格斯贝

---

① 布里斯托老维克剧院和小维克剧院版本演出说明书。

吉星高照的男人

剧中人物

戴维·比弗斯

肖里

J. B. 费勒

安德鲁·福克

帕特森（帕特）·比弗斯

阿莫斯·比弗斯

海丝特·福克

丹·迪布尔

古斯塔夫（古斯）·埃伯森

奥吉·贝尔法斯特

贝尔姨妈

时间

不久以前

第一幕

第一场　四月初的一个晚上。一个改为汽修店的谷仓内。

第二场　谷仓，天将破晓。

第二幕

第一场　六月。大约三年后。福克家——如今是戴维家——的客厅。

第二场　当天晚些时候。客厅。

第三幕

第一场　第二年的二月。客厅。

第二场　一个月后。晚上，客厅。

第一幕

第一场

美国中西部小镇上的一个谷仓。它被设置在一个倾斜的舞台平面上。谷仓的后墙向舞台后部和右侧延伸，上场大门就在这面墙上。沿着左墙有一张工作台，上面放着汽车工具和一些旧零件、抹布和机修工常用的杂物。工作台上方的架子上放着扳手、螺丝刀之类的工具。左墙上有一扇常规大小的门，通向肖里的饲料和谷物商店，谷仓就是商店的附属建筑。这扇门的门槛连着一道斜坡，有台阶那么高，通向谷仓内。再往左，沿墙延伸到舞台外的区域，是成堆的水泥袋。水泥袋前面有几个新桶，里面装着化肥。

舞台前部，靠近中央的地方，有一个小木炉，烧得红彤彤的。工作台上悬着一个灯泡。地板上有一台很大的车库千斤顶，还有几个被当做椅子的旧钉子桶，其中两个挨着炉子。一个大酒精桶横放在舞台右前方的木块上。它附近散落着几个加仑铁桶。这是一个旧谷仓，局部用作储藏室，主体用作汽修店。木头梁架有一种温暖的橡木原色。木头的颜色主导了整个场景，此外还有水泥袋的灰色。

幕启之前，传来两辆汽车不耐烦的喇叭声，其中一辆老福特的喇叭声是老派的"嘎—咕—嘎"。瞬息之间，大幕拉开。

戴维·比弗斯正在将大桶里的酒精装罐。他今年二十二岁。他有着小镇年轻商人的认真态度，除非他忘记保持——常常如此。然后他就变回本来的样子：奇妙、有趣、天真，总爱仔细探究。他穿着一件风衣。

  J. B. 费勒从右边上场。他是一个年近五十的胖子，穿着冬天的衣服。他的大脸盘上带有某种体贴温情。尽管体型笨重，他走起路来却很轻盈。

J. B. 酒精生意不错，是吧戴维？（竖起拇指向右示意）他们在外面都快冻僵了，最好快点。

戴维 今天镇上几乎每辆车都来买了一些。四月！笑死人了！

J. B. （朝舞台前部点头示意）我的店里太冷了，只能关了婴儿服装柜。我想明年冬天我要装一扇旋转门。（坐下）你把头发弄得油光水滑的，是要干吗？

戴维 （单膝跪地，检查出水缓慢的龙头）一会儿要去海丝特家。

J. B. 戴夫！（激动地）一个人去？

戴维 海丝特马上过来。我打算和她一起走回家去，然后……呃，我想我们会给他定下规矩。如果他要做我的岳父，我最好开始和他谈一谈。

J. B.　（不安地）唯一的问题是，你要注意和他相处的方式。

戴维　（关掉龙头，站起来时提起罐子）我不相信他真会和我开战。你认为他会吗？

J. B.　福克老头是个怪人，戴夫。

　　　　　　　　　　　　　　　　　　〔喇叭声从右边传来。

戴维　（提着罐子向右走）来了，来了！

　　　　〔他从后门出去，肖里坐着轮椅从坡道下来，怒气冲冲的样子。他三十八岁，不过他的年龄很难辨别，因为他身上没有毛发。他头发全秃，不长胡子，眉毛也掉了。他的脸既能欢笑，也擅冷嘲。一条暗绿色的毯子盖住了他的腿。他停在大门前，举着拳头。当他说话的时候，喇叭声停止了。

肖里　该死的家伙，别他妈摁喇叭了！就不能他妈等一下？

J. B.　别喊了，行吗？他们是他的顾客。

肖里　（转身）你在这里做什么，住下了？

J. B.　怎么，你反对？（走向炉子，拍拍胳膊）天啊，他怎么能在这地方干活？像个挂着肉的冷库。（把手放在炉子上取暖）

肖里　身上那么多脂肪，你还会冷？

J. B.　我不懂为什么每个人都认为胖子就该暖和。脂肪里也有神经，你懂吧。

肖里　到店里来吧。店里暖和些。打会儿扑克。（将轮椅推向通往商店的坡道）

J. B.　戴夫要去见福克。

　　　　　　　　　　　　　　［肖里停了下来。

肖里　戴夫不会去见福克的。

J. B.　他刚刚告诉我的。

肖里　（再次转身）听着。从他走进店里，问我要一份工作那天到现在，他一直都在盘算去找福克谈海丝特的事。已经拖延了七年，今晚不会结束的。你最近是怎么了？在他身边晃来晃去，就像一头老牛。你老婆又把你赶出家门了？

J. B.　没有，我不喝酒了，再不敢开喝了——真的。（他坐在一个桶上）我一直在想那两个孩子。太难得了。两个人从小就相爱……那不应该小看。

肖里　你老婆确实把你赶了出来，是吧？

J. B.　没有，不过……我们刚刚得到最终定论：没有
　　　孩子。

肖里　（同情地）医生这样说的？

J. B.　对，没有孩子。太老了。漂亮的大商店，有三十
　　　一个部门。美丽的家。没有孩子。这不是好事吗？
　　　你死了，他们就把你的名字从邮箱上抹掉……那就
　　　是终局。

　　　　　　　　　　　　　　　　　　　　　　〔稍停。

　　　（转换话题；津津乐道）我想我可以给戴夫做很好
　　　的安排，肖尔。

肖里　你已经到了晚年，你知道吗？你已经有圣诞老人
　　　情结了。

J. B.　不，他只是让我想起了某个人。实际上，是想起
　　　我自己。在他这个年纪，我的生活是一团混乱。而
　　　他呢？他的整个人生，就像摊开一块油毡。我不知
　　　道为什么，但有时我在他身边，就像在看一部好看
　　　的电影，知道一切都会变好……（突然深受触动）
　　　我想这是因为他这么年轻……而我太老了。

肖里　你要为他安排什么？

64

J. B.　我在伯利的姐夫；你知道的，丹·迪波，他有水
　　　　貂养殖场。

肖里　哦，别把他带过来，现在……

J. B.　听着，他的车坏了，他在找一个机修工。他很喜
　　　　欢机修工！

肖里　那个乡巴佬连五分钱都不会放过，只要是粘在他
　　　　的……

　　　　　　　〔外面传来发动机启动的轰鸣声。
　　　　　　　戴维从舞台后部的门进来，把一个小扳
　　　　　　　手放进口袋里。他进门时，传来两辆汽
　　　　　　　车开走的声音。他走到一个汽油罐前，
　　　　　　　冲洗他的手。

戴维　唉，我还以为收紧风扇皮带是常识。现在几点
　　　　了，约翰？

肖里　怎么，你要去哪里？你不能去福克家里……

　　　　　　　〔贝尔姨妈从商店走进来。她拿着
　　　　　　　一件包好的衬衫和一个袋子。她是一个
　　　　　　　从未年轻过的女人；瘦骨嶙峋，敏捷轻
　　　　　　　快，经常流鼻涕。她的手里永远捏着一
　　　　　　　条手帕。

贝尔　我以为你在店里。海丝特说要快点。

戴维　（走向她）哦，谢谢，贝尔。（打开衬衫包裹）这是那件新的，对吗？

贝尔　（震惊）你想要新的那件？

戴维　（看着衬衫）唉，贝尔。你什么时候才能记事呢！海丝特让你把我的新衬衫带来！

贝尔　（从袋子里掏东西）我……我把你的套鞋带来了。

戴维　我已经不穿套鞋了，我想要我的新衬衫！贝尔，有时候你……

　　　　　　　　　　　　　　　〔贝尔突然哭了起来。

好了，好了，不提了。

贝尔　我尽力了，我不是你母亲……

戴维　（带着她向右走）对不起，贝尔姨妈，走吧——谢谢你。

贝尔　（还在抽噎）你父亲已经带着你哥哥阿莫斯出门了，正在路上……

戴维　是啊，嗯……谢谢……

贝尔　（拿手帕擤鼻子）他让阿莫斯穿上他的套鞋，为什么他没想到你呢？

戴维　（拍拍她的手）我一会儿就回家了。

肖里　你知道为什么你总是记不住事吗，贝尔？你擤鼻
　　　子擤太多了。鼻子连着脑子，你把你的脑子擤
　　　掉了。

戴维　啊，别闹了，好吗？

　　　　　　　　〔又是一阵抽泣，贝尔冲了出去。
　　　她仍然像妈妈去世后那样待我，就好像我还是七
　　　岁。（拿起干净的衬衫）

肖里　（担忧）听着，那个男人会杀了你。（抢过衬衫，
　　　坐在上面）

戴维　（笑得尴尬，但是坚决，试图抢回衬衫）把它
　　　给我。我决定去见他，就要去见他！

　　　　　　　　〔帕特和阿莫斯从右边上场。帕特
　　　　　　　是个矮小紧张的男人，大约四十五岁，
　　　　　　　阿莫斯二十四岁，说话慢吞吞的，走路
　　　　　　　有点儿蹒跚。

帕特　（进门时）你是怎么回事？

　　　　　　　　〔戴维抬起头来。当两人走到中间，
　　　　　　　所有人都转向帕特。阿莫斯正捏着一个

橡胶球。

（指着戴维和炉子之间）你难道不知道不能挨炉

子那么近吗？热气会毁了动脉。

阿莫斯 （急切地）你去吗，戴夫？

肖里 （对帕特）一切早已经清楚了。你能回家吗？

帕特 我是他爸，你没意见吧？

肖里 那就告诉他该怎么做，孩子他爸。

帕特 我会告诉他的。（转向戴维，仿佛要发号施令）

你到底做了什么决定？

戴维 我们要告诉安德鲁·福克先生，我们要结婚了。

帕特 啊哈。干得好。

肖里 好样的！（指着帕特，他转向 J. B.）你听听这

个……！

J. B. （他和肖里对帕特的态度一样，但更有同情

心）不过应该有人跟他一起去。

帕特 （坚决地对戴维说）当然，应该有人一起去……

阿莫斯 （对戴维）让我去。如果他要做什么，我

就……

戴维 （对所有人）听着，看在上帝的分上，你们能不

能……

帕特 （对戴维）我不允许你骂人。扣上你的领子，阿
莫斯。（跟 J. B. 说阿莫斯）刚跑了两英里。（他给
阿莫斯扣上另一个纽扣，指着阿莫斯的球）你
喜欢这个新办法吗？

阿莫斯 （举起球）捏橡胶球。

J. B. 那是什么，给他练手指的，嗯？

　　　　　　　　　　　　　　〔戴维察看他的胳膊。

帕特 手指！那是古老的前臂。一个投手可以拥有一
切，但如果没有前臂，那就等于零！

肖里 （指着戴维跟帕特说）你是要解决这个问题，还
是要让他在那幢房子里被谋杀？

帕特 谁？什么房子？（想起来）哦，对，戴夫……

肖里 （对 J. B.）哦，对，戴夫！（对帕特）你是他的
父亲，看在……！

戴维 好吧。忠告够多了。海丝特马上就过来，我们要
去那幢房子，我们要把事情谈清楚，如果……

肖里 他脑子坏了，你怎么跟他谈？他不喜欢你，他不
想要你，他说过你要是踏进他的地盘，就开枪打死
你。你是要在这个局面下把事情谈清楚，还是打算

受伤进医院去把自己拼起来?(停顿)

戴维　那我该怎么做?让他把她送进那所师范学校吗?那我可能再也见不到她了。我知道这些事是怎么运作的。

肖里　你不知道这些事是怎么运作的。我在店里等了两年,等一个男孩来应聘我在窗口贴出的工作。我本可以吵闹抗议的。我是个老兵,人们应该向孩子解释,为什么我是这副样子。但我在海上学到了。永远不要自寻烦恼。我等待。而你来了。等待,戴维。

帕特　我倾向于同意他的看法,戴维。

戴维　从我们小时候开始,我就一直等着和海丝特结婚。(坐在一个桶上)上帝!你怎么知道什么时候该等待,什么时候该主动把握,让事情发生?

肖里　戴维,你没法让事情发生,就像水母不能制造潮汐。

戴维　你怎么看,约翰?

J. B.　我不愿意看到你和福克老头较量,但对我个人来说,戴夫,我不相信漫长的等待。我认为,一个人必须要有信念,激流勇进,而且……

帕特 （前倾，指点）信念，戴维，是了不起的东西。我就是个例子。当我从海上回来……

戴维 现在几点了，约翰……抱歉，爸爸。

J. B. 七点四十。

戴维 （对肖里）你是把衬衫给我，还是要我把你推下轮椅？

帕特 （继续）我在说话，戴维。当我从海上回来……

肖里 （指着阿莫斯）在你从海上回来之前，你让他在雪地里跑得屁滚尿流，简直是要杀了他。

帕特 杀了他！我想大家都知道，步速对足弓来说是必不可少的。毕竟，一个投手可以拥有一切，但如果他的足弓不完美……？

肖里 零！

帕特 趁我还没忘，那些酒精能不能用来擦拭，你知道吗？（指大桶）

戴维 只剩几滴了。

阿莫斯 今天全卖完了？（快活地对帕特说）我就跟你说他会卖完的！

戴维 别把你弟弟当天才。推销员骗他上了钩。他在四月买进酒精，那是日头毒辣的天气。

阿莫斯 是啊，但你看今天冷得要死！

肖里 他不知道天会冷。

J. B. 也许他真的知道。（对戴维）你知道吗，戴维？

戴维 （努力回忆）嗯……我……我想到一点儿……

帕特 （打断）说到天才，大多数人都不知道有两种类型：生理的和心理的。就拿现在的克里斯蒂·马修森①这样的投手来说，或者沃尔特·约翰逊②。这就是个概括的说法。我说得对吗，J. B.？

肖里 你怎么概括的？

帕特 （开始陷入混乱，他想要保护阿莫斯和他自己以对抗所有人，这种渴望使他颤抖）就是我刚才说的。人们不过是拒绝专注。他们不知道在人生中应该做什么。

肖里 （指戴维）第一个例子。

帕特 （情绪上涨，进入一种自我诱导的虚幻高潮）我总是让戴维自己去保持专注。不过还是拿阿莫斯

---

① Christy Mathewson（1880—1925），美国职业棒球大联盟的投手，曾在纽约巨人队效力 17 个赛季，是棒球史上最重要的投手之一。

② Walter Johnson（1887—1946），美国职业棒球运动员和经理，1907 年至 1927 年，他效力于华盛顿参议员队，被认为是棒球史上最伟大的投手之一，创造了多项投球纪录。

来说吧。当我从海上回来,我回到家,我发现了什么?一个婴儿在他母亲的怀里。我抚摸他,见他身体强壮。我对自己说,这个男孩不会浪费他的生命,去做十七八种不同的事情,最终却一事无成。他要去打棒球。上帝见证,他在地窖里练习投掷,每周七天,连续十二年!这就是专注。这就是信念!这就是把生活掌握在自己手中,把它塑造成你想要的样子。这必然会产生影响……你以为他们不知道吗?

肖里　谁知道呢?

帕特　(大叫一声)我不喜欢大家的态度!(沉默了一会儿,所有人都盯着他)现在还是冬天!他能在冬天投球吗?

肖里　你在说谁呢?

戴维　(感到厌倦而憎恶,朝右边走开)爸爸,他没有说……

帕特　他没必要说。你们这些人似乎认为他这辈子就只能在周日的沙地上投球。(对所有人)投球是他的事业;一项常规的事业,就像……就像经营商店,或者做机修工之类的。只是碰巧,他这项事业在冬天无事可做，只能坐在家里等待！

J. B.　嗯，对，帕特，这正是他应该做的。

帕特　那为什么大家都这样看他，就好像……?

　　　　〔他把手举到头上，为自己的情绪
　　　爆发感到迷茫和羞愧。就这样停顿了
　　　很久。

戴维　（无法忍受，他走到帕特面前）坐下，爸爸。
　　　坐下来。（他拿来一个桶放在帕特身边，帕特坐
　　　下，瞪着眼睛，筋疲力尽）

帕特　我无法理解。县里的每份报纸都称他是奇才。

　　　〔在帕特说话的时候，戴维感受到他的痛苦，向
　　　右走了几码，站在一边，看向别处。

　　　不败之身。他已经准备好加入大联盟了。已经准备
　　　了三年。谁能解释这样的事情？他们为什么不派球
　　　探来？

戴维　我一直在想这个问题，爸爸。也许你应该再给底
　　　特律老虎队打电话。

阿莫斯　（气恼地，他已经心怀不满很久了）他从来
　　　就没给他们打过电话。

帕特　好了，阿莫斯……

戴维 （指责）爸爸……

阿莫斯 他没有。他没有给他们打电话。（对帕特）我想让他知道！

戴维 （对帕特）但是去年夏天你说过……

帕特 很多次我已经拿起电话了……但我……我想让它发生得……更自然。这应该是自然而然的，戴夫。

肖里 你的意思是你不想听到他们说不。

帕特 好吧……对，我承认。（对戴维）如果我现在打电话，要求他们回答，也许他们就只能说不。我不想把这个词装进他们的脑袋，让它和阿莫斯联系起来。这是个伟大的心理学问题。一旦他们拒绝，再想让他们接受，就会加倍困难。

戴维 可是，爸爸，也许……也许他们忘了派球探来。也许他们甚至以为已经派过了，实际却没有，那么当你打电话去，他们会感谢你的提醒。（对所有人）我是说……你能干等着天上掉馅饼吗？

肖里 （鼓掌）打皮纳克尔牌吗？我们走吧。来吧，约翰！帕特！

　　　　　　　　　　　〔他们开始往店门走去。

J. B. （瞥了一眼手表）我老婆会杀了我的。

肖里 为什么？打牌又不会让你有口臭。

帕特 （在坡道上转身）我想让你看我们打，阿莫斯。皮纳克尔牌对推理能力很有帮助。帮助你上垒。把外套敞开。

> ［帕特跟着肖里和 J. B. 进入商店。阿莫斯一开始安分地跟随，在门口犹豫了一下，然后在他们身后关上了门，来到戴维面前。

阿莫斯 戴夫，我有事想问你。（他朝店门瞥了一眼，然后悄悄地说）带我过去，好吗？（戴夫只是看着他）为我做点什么。我还在原地。我哪儿也去不了。我发誓我很羞愧。

戴维 啊，别，别，阿莫。

阿莫斯 不，我羞愧。自从我开始打球，每个人都在说：（模仿）"阿莫斯要去这里，阿莫斯要去那里。"我已经高中毕业五年了，还在跟家里拿钱。我想找女朋友。我想结婚。我想开始做事。你行动起来像滚地球，戴夫，你知道该怎么做。带我过去。

戴维 但我懂的不及爸爸一半，关于棒球……关于训练或是……

阿莫斯　我不在乎，你以前也不懂汽车，可看看你在这里做了什么。

戴维　我做了什么？什么都没有。我还是对汽车一无所知。

阿莫斯　但你懂的。大家都知道你懂……

戴维　大家都疯了。别羡慕我，阿莫。如果我修过的每辆车明天早上都开过来，那些人都说我没修好，我也不会感到惊讶。从肖里的福特车开始，我修了一辆，又修了一辆，还没弄清发生了什么，他们就叫我机修工了。但我不是一个受过训练的人。你是。你有本事……（抓住他的胳膊，带着深刻的感情）你会很出色。这是你应得的。你了解一些完美的东西。别指望我，我可能明天早上就沦落街头，然后就显得不那么聪明了……不要嘲笑老爹。你是他的全部人生，阿莫。你听到我说的了吗？你要和他在一起。

阿莫斯　天啊，戴夫……你总能让我感觉很好。（突然像帕特一样狂热）等我进了联盟，我要给你买……一个……一整个他妈的车库！

海丝特从右边上场。她是一个成熟的女孩，发育良好。她跑得很快，游得很猛，还能举起重物——不太时髦，而是用最经济、最直接的方式来跑步、游泳和举重物。她的笑声低沉而洪亮。她的女性气质基于一个事实：她竭尽全力地爱着戴维，一向如此，当他不在身边时，她感到一切索然无味。悲剧人物的苍白不会出现在她身上。她气喘吁吁地走进来，不是因为奔跑，而是因为期待。

海丝特　戴维，他在家。（走向戴维，用手捧起他的脸）他刚回来！你准备好了吗？（绕过戴维的肩头看向阿莫斯）嗨，阿莫，胳膊怎么样了？

阿莫斯　跟从前一样，没事。

海丝特　你做了我给你的长除法吗？

阿莫斯　嗯，我一直在做。

海丝特　没有什么比算术更能磨练你了。你会发现，等到再次上场，你能更快上垒。我们得走了，戴维。

阿莫斯　（尴尬地）好吧……祝你们好运。（他走到商店门口）

戴维 谢谢，阿莫。

　　　　［阿莫斯挥挥手，进了门，将身后的门关上。

海丝特 你为什么皱着个脸？不想去吗？

戴维 我很害怕，海丝。我不介意告诉你。我很害怕。

海丝特 害怕被打？

戴维 你知道我从来不怕挨打的。

海丝特 我们一直都知道，我们必须告诉他，不是吗？

戴维 是的，但我一直以为，到我们不得不说的时候，我已经是个人物了。你知道……

海丝特 但你已经是个人物了……

戴维 你要从他的角度想一想。他是个大农场主，有本郡最好的一百一十亩地。假设他问我——我只有三百九十四美元，算上今天……

海丝特 但我们一直说的是，等你有三百五十美元，我们就去求他答应。

戴维 天啊，如果我是个律师，或者医生，哪怕是个记账员……

海丝特 机修工不比记账员差！

戴维 是的……可我不知道我算不算机修工。（握住她的双手）海丝，听着，一年后我也许能创下一份真正的事业，他能看得上眼的事业。

海丝特 一年！戴维，你可别……你不会是……？

戴维 我是说……我们现在就结婚吧，不用问他。

海丝特 我告诉过你，我不能……

戴维 如果我们离开……离得远远的……

海丝特 无论我们去哪里，我都会害怕他来敲门。你不知道他生气的时候能做什么。他对着我妈妈的坟墓咆哮……戴维，我们必须面对他。现在看来，自打我们小时候我就知道了。当我在夜里透过厨房窗户和你说话时，当我和你一起坐着肖里的车在采石场转悠时，甚至更早，当我们在教室里读《最后的莫希干人》时。我一直都知道，我们将不得不一起坐在家里，听他对我们咆哮。戴维，我们只能这么做。（她走开，仿佛是给他一个选择）

戴维 （他微笑，口中逸出笑声）你知道吗，海丝，我不只是爱你，你还是我最好的朋友。

　　　　〔海丝特扑向他，吻他。他们紧紧拥抱在一起，这时一个身影从右边走进来。那是丹·迪布尔，一个饱经风吹日晒的矮小农夫，衣着朴素，穿着短大

衣，戴着毡帽。他犹豫了一会儿，然

后……

迪布尔 对不起……J. B. 费勒……J. B. 费勒在这里吗？

戴维 J. B.？当然。（指着后门）穿过那扇门……他在

店里。

迪布尔 非常感谢。

戴维 不客气，先生。

〔迪布尔轻轻碰了碰他的帽檐，向

海丝特致意，朝门口走了几码，转身。

迪布尔 你……你是戴夫·比弗斯？机修工？

戴维 对，先生，是我。

〔迪布尔点点头，转身，走上坡道，

进入商店，关上身后的门。戴维从后面

看着他。

海丝特 来吧，戴维。

戴维 好。我去拿外套。（他走到后面挂大衣的横杆

前，开始穿大衣）啊呀，我最好换件衬衫。肖里

刚刚抢走了我的干净衬衫。我猜他把衬衫带去了

店里。

海丝特 （会意）他认为你不应该去。

戴维 呃……他只是开玩笑。我马上就来。

> ［戴维开始走向商店的门，门开了，
> J. B. 兴奋地冲了出来。迪布尔跟着他，
> 接着是阿莫斯，随后是帕特，最后是肖
> 里，他坐在坡道上的轮椅里看着。

J. B. 嘿，戴夫! 戴夫，来这里。（对丹）你不会后悔
的，丹……戴夫……我想让你见见我在伯利的姐
夫。丹·迪布尔。

戴维 好的，先生，你好。

J. B. 丹有一辆全新的马蒙汽车……他是来参加葬礼
的，你看，他就住在我家……

戴维 （对 J. B.，语气犹豫）你刚刚说的是马蒙?

J. B. 对，马蒙。（强硬地）你懂马蒙汽车，戴夫。

戴维 当然，你……（对丹）好，把它开过来。我很
乐意修它。现在我得走了……

J. B. 丹，你能在我车里等吗? 我只是想解释一些事
情。我马上出来，我们就走。

迪布尔 快一点。外面很冷。我希望他能在明天之前把
车修好。车晃得我很不舒服，我想我又要得阑尾

炎了。

J. B. （推着他向门口走去）我不认为阑尾切了还会再长回来……

迪布尔 感觉就像阑尾炎。如果再买马蒙我就不是人。

（迪布尔离开）

J. B. （回到戴夫身边）这个笨蛋是伯利地区最富有的农夫之一……他有一家水貂养殖场，我跟你说过的。

戴维 喂，我对马蒙汽车一无所知……

J. B. 他也一窍不通。他家里有两台吸尘器，但他只用扫帚。现在听好了。他一口咬定车子开起来不对劲。过去两星期我都试图让他把车开来你这里。现在成了。除了水貂养殖场，他还有一座小麦农场，那儿有五台拖拉机。

海丝特 五台拖拉机!

J. B. 他是个笨蛋，但他靠水貂发了大财。只要你为他搞定这辆马蒙，你就打开了通向本州最大的拖拉机农场的大门。拖拉机能赚大钱，你知道的。他有一千个朋友追随他。他们会追随他来这里。

戴维 嗯，嗯。但我对拖拉机一无所知。

海丝特 见鬼，你可以学！

戴维 对，但我不能在他的拖拉机上学。

海丝特 是啊，不过……

J. B. 听着！这可能是你有生以来最大的事了。马蒙汽车在我家里。他不敢在雪地里开。我去把它开过来，你来修。好吗？

戴维 好，不过，约翰，我……

J. B. 你最好早点到，明早第一件事就是修它。好吗？

海丝特 （伴随着一串响亮的笑声）戴维，这真是太棒啦！

戴维 （很快地）你瞧，只要我们等一等，海丝特。六个月后，也许要不了六个月，我就有拿得出手的东西了！

海丝特 可是如果我们现在不去谈，一星期后我就要去师范学校了！

肖里 你在逼他，海丝特。

海丝特 （突然对肖里发难）别和他说话！人又不是青蛙，只能等啊等啊等事情发生！

肖里 如果你今晚把他拖过去，他就会和你父亲打起来！而你父亲可能会杀了他！

戴维 （握住她的手，平和地）来吧，海丝。我们走。

（对 J. B.）把车开过来，我过会儿就回来……

〔但 J. B. 正看向右边，盯着车道。戴夫转过身来，和海丝特他们一起追随他的目光。她走到离他一英尺远的地方。进来的是安德鲁·福克，一个高大的老人，坚如铁石，近视，略微驼背。外面传来马达空转的声音。

J. B. （过了一会儿）我去把车开来，戴夫。五分钟。

戴维 （佯装出一种有条不紊而又漫不经心的风度）好的，J. B.，我会把它修好的。（当 J. B. 出去的时候）谢谢你，约翰！

〔福克一直看着海丝特，海丝特隔一会儿才敢抬头看他一眼。戴维转身面对福克，竭力控制自己的声音。帕特从肖里的商店进来。

晚上好，福克先生。你想去肖里的店里吗？那里有椅子……（福克从容不迫地转过身来，目光沉沉地看着他）您的引擎没有熄火。您待一会儿。让我把它关掉。

福克　你愿意推车？

戴维　哦，电池没电了？

福克　（讽刺地）不推车的话，我不知道还有什么能阻
　　　止它发动。（对海丝特）我送你回家。

海丝特　（微笑着走到福克身边，但没有碰他）我们
　　　刚刚正要回家，爸爸。

福克　回家去，海丝特。

戴维　我们想和您谈谈，福克先生。（指着商店）我们
　　　可以一起去……

福克　（作为回答）回家，海丝特。

戴维　（愤慨地扫了一眼）我希望她能在这里，福克先
　　　生……

福克　（他甚至不看戴维）我马上就回家。（他抓住她
　　　的胳膊，把她拽到右边，她拒不让步）

海丝特　（大叫一声）爸爸，为什么……！

　　　　　　　　　〔她突然停下，打量他的脸。她抽
　　　　　　　泣着挣脱他，向右跑去。他慢慢地转向
　　　　　　　戴维，吸了一口气。

戴维　（愤怒）那行不通，福克先生。我们已经是大人了。

帕特　（通情达理地）瞧，福克，我们为什么不……

福克　（对戴维说，连看都不看帕特一眼）这是我最后一次和你说话，比弗斯。你……

戴维　为什么只有你一个人这样讨厌我？其他人都……

福克　除了我，没有人知道你是什么东西。

肖里　（从商店门口）他是什么东西？你在放什么屁？

福克　（他第一次提高音量，指着肖里）仁慈的上帝早就给了你答案！我在这里的时候，你给我闭上臭嘴。

肖里　（紧张地，对戴维）他的脑子坏了，你没看到吗？你为什么要惹他……

福克　（怒吼，他大步走向肖里）闭嘴，你……你这个拉皮条的！你毁了你在这世上的最后一个女人！仁慈的上帝见证。

肖里　（发出愤怒的尖叫）你吓不倒我，福克。你已经死了二十年了，为什么不把自己埋了？

　　　　　〔福克奇怪地放松下来，从肖里那头走开，他抬起肩膀，用下巴揉擦外套

领口。外面的汽车熄火了。他的头歪向

右边。

戴维　（指右边）您的车熄火了。我帮您把它发动

起来。

福克　不要碰我的东西！（停顿）那天晚上我在河边抓

到你和她在一起，你们在做什么？你有胆告诉

我吗？

戴维　（回忆）哦……我们那时还是孩子……只是在聊

天，就这样。

福克　你从来没有来问过我，她能不能和你说话。你每

次都是偷偷摸摸地来，像耗子穿过篱笆。

戴维　呃……海丝总是害怕问你，而我……我想我是受

了她的影响。

福克　你现在也怕我，你知道为什么吗，比弗斯？除了

我，没有人知道你是什么东西。

戴维　为什么，我是什么？

福克　你是一个迷失的灵魂，一个迷失的人。你不知道

有多少个夜晚我看着你，你坐在河边的冰面上，从

洞里钓鱼——独自一个人，就像一个长着娃娃脸的

老头。或是在凯尔顿的树林里给自己生火，在没人

看见的地方。那个星期天晚上，你差点把教堂烧

了……

戴维　那晚我不在教堂附近！

福克　不可能是别人！当教堂着火的时候，上帝的神迹

前所未有地清晰。

阿莫斯　教堂着火时，他和我在地窖里。

福克　（看着阿莫斯）我不是瞎子。（扭头对戴维）海

丝特要嫁的男人，会知道自己是什么人。他将是一

个稳定的人，我可以信任他，把我带到这个世界上

的东西放心地交给他。他认识他的上帝，知道他从

哪里来，要到哪里去。你不是那个人。（他转身离

开）

戴维　我要娶海丝特，福克先生。（福克停步，转身）

很抱歉，但我们打算结婚。

福克　比弗斯，如果你再踏进我的地盘，我就一枪崩了

你，愿上帝记下我的话……我不开玩笑，比弗斯。

别再接近她。（指着肖里）能和那个行尸走肉做朋

友的人，绝不可能住进我女儿家里。（他又开始离

开）

戴维　我要娶海丝特，福克先生！我们要结婚！

福克　你会先和你的裹尸布睡在一起，比弗斯。我已经很老了，知道自己要做什么。离远些！

　　　　　〔他走到舞台右侧边缘，犹豫了一下，向右边他停车的方向看去。戴维疑惑地朝他走去，视线越过他的肩膀。

肖里　（轮椅驶下坡道）让他自己去发动吧！别他妈犯傻了！

　　　　　　　　　〔福克匆忙走了出去。

帕特　（指着右边）也许你该帮他推一下。

肖里　绝对不行！（他把轮椅推到戴夫和门之间）别去那儿，走！

戴维　（一直看向右边）肖里……他要走了……我能对他说什么……（开始向右走）我要帮他。

肖里　（把他推回来）走开！（冲右边喊）就是那样，老爷爷，推呀……推呀！用力，你这疯子王八蛋，不过只有半英里嘛！去吧，用力！（嘲讽地狂笑）

戴维　（扯开轮椅）别闹了！

肖里　你不能和那个人说话！你完了，他妈的傻瓜。

戴维　（突然）来吧，阿莫，在他到家之前，我们去半路上接海丝特。我今晚就去谈，上帝保佑……

阿莫斯 （一想到行动，他就欣喜若狂，把球扔过舞
台）我们走!

帕特 （抓住戴维）不，戴夫……

戴维 （愤怒地）不，我必须去做，爸爸!

帕特 我不允许。（对阿莫斯）我不允许你去。（对戴
维）她是他的女儿，他有权利，戴维。

戴维 他有什么权利! 她想要我!

帕特 那就让她离开他。这不是你的事。

戴维 她已经被他吓坏了! 从头到尾都是我和海丝特之
间的事。我不明白为什么我不能拥有那个女孩!

肖里 （挖苦地）一定要有原因吗?

戴维 （他停了一下，仿佛有道光在他身上闪过）对，
一定有原因! 我做了一个人能做的一切。我没有做
错任何事，而且……

肖里 你没必要这样做! （戴夫盯着肖里）人就像水
母。潮起了，潮落了。他经历过什么事，没什么可
说的。你什么时候才能习惯呢?

〔戴维站在那里愣神儿。

帕特　戴夫，你最好回家睡觉。你知道，睡眠是个好
　　　医生。

肖里　（温和地）他说得对，戴夫。

　　　　　　　　　　　　　　　〔J. B. 匆忙进来。

J. B.　丹在哪里？马蒙车呢？

帕特　他没来这里。

J. B.　那头蠢牛！我告诉他，我会帮他把车开过来。但
　　　不行，除了他自己，丹·迪波不允许任何人碰方向
　　　盘。我进屋告诉埃莉我要出门，等我出来他已经不
　　　见了。（开始向右走）那辆七座的傻子车……

戴维　他可能决定回伯利老家去了。

J. B.　不，我敢肯定他是想来这里的。粗野的独行侠！
　　　我会在哪条泥路上找到他……（他突然闭嘴，因
　　　为外面有扇门砰地关上了）

　　　　　　　　　　　　　　　〔所有人看向右边。

戴维　（惊呼）海丝特！

　　　　　　　〔他迅速向右走去。一瞬间，阿莫
　　　　　　　斯、帕特和肖里都被震动了。阿莫斯离
　　　　　　　开，很快又换扶着丹·迪布尔回来，他

浑身发抖，看起来几近崩溃。

迪布尔　（进门时）上帝救我，天堂里的上帝救救我……

　　　〔戴维和 J. B. 扶着海丝特进来。她靠在戴维的胳膊上抽泣，他想要抬起她的脸。

戴维　别哭了，怎么啦？海丝特，别哭，发生了什么事？J. B.！

迪布尔　（带着祷告的心情走向海丝特）我看不到他，小姐，我怎么可能看到他？他的车没有车灯……

　　　　　〔海丝特的大声啜泣打断了他的话。

戴维　（对丹）发生了什么事？你做了什么？

迪布尔　哦，上帝啊，请帮帮我……

J. B.　（走到他身边，把他的手拉下来）丹……别这样……拜托，发生了什么事？

迪布尔　这个女孩的父亲……一个老人……我看不到他……他推着一辆没有车灯的汽车。根本就没有车灯，而在我开到他面前时，他从车后走了出来。

　　　　　〔除了海丝特渐渐平息的啜泣声，现场有片刻沉寂。她看着戴维，戴维看了她一眼，然后回过神来。

戴维　（对丹）他现在在哪？

迪布尔　（指着舞台后部）我把他带回他家……她在家里。事情就发生在离他家不远的地方。

戴维　（惊恐地）哎呀，你为什么不找医生?!（他开始向后门走去）

海丝特　别……他已经死了，戴维。

　　　　　〔戴维已经快走到坡道了，突然像中枪一样停了下来。一瞬间后，他迅速转身。他像做梦一样向她走了几码，又像做梦一样停下来，盯着她。

他死了。

　　　　　〔戴维盯着她。随后把头转向帕特、阿莫斯、肖里、丹……仿佛在寻求真相。再一次看向她之后，他走到钉子桶旁，坐下来。

戴维　（低声）我真该死。（走到海丝特身边，过了一会儿）我很抱歉。

海丝特　这不是谁的错。哦，那个可怜的人！

帕特 （走到戴维身边）你最好……回家，戴维。

戴维 （他站起来，走到海丝特身边，握住她的手）
海丝？我真的很抱歉。

〔海丝特看着他，脸上浮现出笑容。她感激地搂着他，抽泣起来。

别，海丝……别再哭了。求你了，海丝……约翰，今晚带她去你家，好吗？

J. B. 我正要带她去。（拉起海丝的胳膊）来吧，宝贝。一切有我照料。

戴维 晚安，海丝。你好好睡，嗯？

海丝特 千万不要感到内疚，戴维。

戴维 我本来可以帮他发动的，就是这样。他说……
（一丝冷嘲）不要碰我的东西。

海丝特 这不是你的错！你明白吗？无论如何都不是。

戴维 （不置可否地点点头）去睡吧，去吧。

J. B. （带海丝特离开）我们带你回家，你就可以睡觉了。

迪布尔 （跟着他们，直到舞台右侧边缘，转身对戴维说）如果车上有血迹，你能擦干净吗？拜托了，好吗?

[丹走了,戴维从后面看着他们。

肖里　送我回家,好吗,戴夫?

戴维　嗯?不,我还要待一会儿。我想看看那辆车。你
　　　带他回家,好吗,爸爸?

帕特　(抓住肖里的椅背)当然。来吧,阿莫斯。

肖里　好啦,醒醒吧,水母。山谷中最好的一百一十亩
　　　地。很不错,嗯?

戴维　(震惊中)太突然了。

肖里　从来都是如此,兄弟。(几乎吟诵起来)水母不
　　　会游泳……听任潮水推移……潮起又潮落……潮落
　　　又潮起。记住了。　(对帕特)我们走吧,做父
　　　亲的。

[众人把他推了出去。而戴维站在
那儿,像迷失在梦中。

幕　落

第二场

谷仓，天将破晓。

戴维躺在马蒙车的车头下。引擎盖竖放在车旁。戴维躺在发动机下面，脑袋旁有一盏灯，他匆匆拧紧底盘上的一个螺母。工作台上还有一盏灯亮着，但是光线昏暗。过了一会儿，戴维仓促地滑出车底，急切地看着发动机，同时擦着手。他正准备上车发动，却听到舞台右侧传来轻轻的敲门声。他吓了一跳，透过黑暗看去。

戴维　谁啊？（惊讶）*海丝特……*

海丝特　（她从右边的黑暗中走出来）你还没搞完？

戴维　（防备地瞥了一眼汽车）你来做什么？现在几点了？

海丝特　快五点了。我给你家打电话了，我就是睡不着。贝尔说你还在这里。我能在一边看着吗？

戴维　……这里挺冷的，你会感冒。

海丝特 （她走到他身边，用手捧起他的脸，吻他）
你还没有吻我呢。

戴维 （越来越不自在）求你了，海丝，我得想办法解
决这个问题。我希望……我希望你能让我单独待一
会儿。求你了。

海丝特 （带着无声的惊愕，以及同情）你还没有弄
明白吗？

戴维 哦，我差不多明白了，但还没……（停下）海
丝，请让我静一静。

　　　　　〔戴维从她身边走过，假装在研究发动机。

海丝特 戴维。

戴维 什么？

海丝特 你能修好它，对吗？

戴维 你觉得我修不好吗？

海丝特 我知道你可以。

戴维 那你为什么问我？

海丝特 因为……在伯利汽修厂，他们不知道怎么
修它。

戴维 （他直起身来，短暂的停顿）你怎么知道？

海丝特 J. B. 告诉我的。他打算在你修完后的早上再

告诉你。他不想吓到你。

戴维 （越来越害怕）这不可能。伯利汽修厂里有受过
　　　正规训练的机修工。

海丝特 但这是事实。迪布尔先生说，他们想把整辆车
　　　拆开，向他收取一百五十美元，他不让他们拆，因
　　　为……

戴维 （不安地走到她身边）他们为什么要把整辆车
　　　拆开？

海丝特 （更清楚地看到了他的困惑）我不知道，戴
　　　维……

戴维 他们告诉他是什么问题？你不记得了吗……？

海丝特 （她快哭了）戴维，不要这样对我大喊大叫，
　　　我对汽车一无所知……（她哭了起来）

戴维 （因愧疚而痛苦）哦，海丝特，别哭了，求你
　　　了。我会修好它，我会找出问题所在的，请你别哭
　　　了，好吗？

　　　　　　　〔这句话使他痛苦，他转过身来，
　　　　　　就要向车走去。他自己都快哭出来了。
　　　我从来没有听过发动机发出这种声音。我把底盘拆
　　　了，把车头拆了，我检查了阀门；我就是不知道怎

么回事，海丝！有什么地方失衡，我却找不到，我
　　找不到！

海丝特　（她的抽噎声止住了，因为她感觉到了他的
　　失落）没事的，戴维，会好起来的。也许你最好
　　去睡一觉。你看起来很累……这真的不重要。

戴维　（她在他的愧疚中变得更高大）天啊，海
　　丝……从来没有一个女孩像你这样。（他走到她身
　　边，亲吻她）我发誓从来没有像你这样的女孩。

海丝特　别再为我想要的东西而努力了，戴维，如果这
　　会让你太过焦虑。

戴维　（他亲吻她的脸颊，迅速决定）你回家去睡觉
　　吧。我会找出问题所在的。我会做到！你去吧。

海丝特　好吧，戴维，因为 J. B. 对迪布尔先生说了你
　　很多好话……早上他有桩好事要告诉你。

戴维　是什么？

海丝特　我不能告诉你，得等你修完……

戴维　拜托，海丝，他要说什么？

海丝特　不，先把车修好。（停顿）J. B. 想亲口告诉
　　你。他让我保证不说。晚安。

戴维　晚安，海丝。

海丝特 （边走边挥手）别担心……任何事，好吗？

戴维 ……我不担心。

> ［他看着她离去，然后走向汽车，站在车旁，一边沉思，一边用手指轻叩鼻子。然后他轻轻地用拳头击打手掌，按心跳的节奏，逐渐加快，越来越快……然后……一声低语脱口而出。

该死的！

> ［舞台后部右侧传来有人慢慢走进店里的声音。戴维转向声音的方向，站在原地看着。古斯塔夫·埃伯森走进来。他是个强壮的男人，他的西装熨烫过，但是对他而言太小了。他穿着一件白衬衫，一件朴素的棕色大衣。他热情地微笑，却带着一种作为不速之客的谦逊风度。当他走近时，戴维什么也没说。

古斯 （略带德国口音）对不起，你是比弗斯先生吗？

戴维 对。（短暂停顿）

古斯　我的名字是埃伯森……古斯·埃伯森……（带着歉意点头，微笑）你很忙吗？当然我可以改期再来。凌晨四点不是拜访的好时机。

戴维　我在忙……不过我能为你做什么？

古斯　我昨晚刚搬到镇上，我等不及想看到第一个清晨。我发现你这儿亮着灯。我想我们应该认识一下。

戴维　（明白了）很高兴认识你。我差点儿以为你是抢劫犯，要把我打晕。

古斯　我不是有意要这么悄悄走进来的；我正要在大街那头开一家修理厂。

戴维　修理厂？你是说修车？

古斯　（诚挚而担忧地）我想向你保证，比弗斯先生，如果不是想到这儿有很多生意，足够我俩做，我就不会在这个镇上开店。

戴维　（他的声音微微发紧）哦，这儿有很多生意给两个人做。多得很！你的店在哪里？

古斯　白杨街上，就在杂货店旁边。

戴维　哦，那儿。天哪，那栋楼很多年没人住了。我们过去还说那里闹鬼呢。

古斯　也许真的闹鬼！（轻笑自嘲）我的机器很少。事实上……（很高兴）……我的钱也很少，所以我可能不会打扰你很久。

戴维　（坚定地保证）哦，你会一切顺利的。（含糊地指了指店里）没什么难的。你是从附近搬来的？

古斯　不是，我曾经在福特公司的红河工厂干过几年。过去一年零四个月，我在哈德逊汽车公司工作。

戴维　（屏息）好吧……我想你应当见多识广了。

古斯　（感到格外友好，因此说）有什么好见识的呢？你大概比我强多了！

戴维　不，没什么，我只是说……

古斯　我在这世界上不是为了发财。我过去在底特律做得很好。

戴维　那你为什么要来这里？

古斯　这是我的天性。我不能安于现状，我要奔跑、奔跑、奔跑，我要工作、工作、工作，一直往前冲。说实话，我在福特公司干了五年，没有交到一个好朋友。在这里，我希望，将更有利于开展我一直喜欢的这些活动。一个小城镇，诸如此类。我是奥地利人，你明白……同时，你不会对我的到来有太大的抵触吧？希望如此。

戴维 （出神）当然不会。祝你好运！我无权反对。

（笨拙地伸出他的手）

古斯 （握手）问题不在权利。我想要受到欢迎。否则我就……

戴维 （温和地，古斯抓紧他的手）不……这里欢迎你……真的。

古斯 谢谢你……谢谢你。

〔他轻轻地笑了，满怀感谢。两人松开手。古斯慢悠悠地转了个圈，看了看这家店。戴维注视着他，仿佛他是一个幻象。最后，这个奥地利人再次面对他，静静地。

古斯 你多大了？

戴维 就要二十二岁了。

古斯 （指着汽车、商店……一切）你怎么……怎么会知道该怎么做？你在什么地方学过机械吗？

戴维 （带着骄傲，同时也有不安，在他眼里，这个奥地利人已经变得很高大了）哦，没有，我算是无师自通吧。(在马蒙汽车旁徘徊,好像要遮住它)但我想我还有很多东西要学。

古斯　不,不! 最好的机修工就是这样产生的。你千万不要觉得……怎么说呢……无所适从。

　　　　　　[停顿。他们凝视着对方,在这一刻彼此会心。奥地利人慢慢将目光转向马蒙汽车。戴维好像放弃了,他走到旁边,不再试图遮挡它。

这车遇到什么麻烦了?

戴维　(仍然有些出神,不过在坦承时还是笑了)你问倒我了。我整晚都在修它……

古斯　(轻松地走到车旁)哦,它在抱怨什么?

戴维　(有片刻踌躇,随即最后一丝怨气消失,脱口而出)它跑起来有一种奇特的震动……好像内部有个地方在摩擦。

古斯　打不着火?

戴维　这就是好笑的地方。点火在八点钟位置,而化油器正好装在那个按钮上。

　　[停顿。古斯低头察看发动机。戴维俯身看他的脸。

古斯　如果你……愿意的话，可以启动引擎。

戴维　（默默地看着他）你……你知道它是什么问题？

古斯　（迅速到他面前）听着，孩子，只要你说让我离
　　　开这个镇子，我就离开，再也不回来。

戴维　不，不是……我希望它……就是它应有的样子，
　　　就是它……原本的样子。

　　　　　　　　　　［戴维走到车门前，坐进车里，启
　　　　　　　　动马达。奥地利人站在那里听了五秒
　　　　　　　　钟，然后拍了拍手，让他把马达关掉。
　　　　　　　　车子又安静了。戴维慢慢地下了车，站
　　　　　　　　在奥地利人身边，看着他。

古斯　这很少见。还是一辆这么新的车。不过，马蒙车
　　　有时会有这种情况。

戴维　（轻声）是什么？

古斯　（直接转向他）曲轴拱起了。

戴维　（他盯着奥地利人的脸看了很久）你怎么能通
　　　过听来判断？

古斯　和你听活塞是一样的。你懂的。你现在要开
　　　工吗？

戴维 （看了看车）是的。

> ［他匆匆绕到车头，捡起一把扳手，绕过来，把扳手放在一个缸盖螺帽上，开始拧动。

古斯 （犹豫了一会儿，然后把手放在戴维身上）不要把车头拆下来。（戴维住手）我是说……你不需要，不一定要这样做。（戴维止步。扳手从他手中哗啦一声落地。他几乎是颤抖着站在奥地利人面前，后者突然转身）我会离开。

戴维 （阻止他）不，我一直知道有一天会发生这种事。我是说像你这样的人会来，然后我就只能……卷铺盖。我一直都知道……

古斯 胡说八道。毫无疑问，你修好了很多车；你是个机修工……

戴维 不，我不是。我对金属和比率一窍不通，而且……我差点儿就要把它拖到牛顿市的汽修店去了。你能告诉我该怎么做吗？

古斯 乐意之至。也许什么时候我也需要帮忙，那你就过来。好吗？

戴维 哦，我很乐意。

古斯 （握住他的肩膀，指向车底）你先把底盘拆
　　　下来。

戴维 （短暂停顿）是吗？

古斯 然后你把轴承放下。给它们贴上标签，这样你就
　　　知道该把它们放回哪里。

戴维 是吗？

古斯 然后你把曲轴的主轴承放下。

戴维 是吗？

古斯 然后你就把曲轴放下。把它拿去牛顿市，那里有
　　　一家好店。告诉他们要换一个新轴。

戴维 我不能把这个拉直吗？

古斯 对你来说不可能。

戴维 你能把它弄直吗？

古斯 那要看情况——但我已经卖了修它的工具。你现
　　　在去工作。去吧。

戴维 （开始移步）你急着要走吗？

古斯 我留下，我看着你。

戴维 （感激地）好的。（他跪下来，准备钻进车底）
　　　你想来做吗？就几分钟？

古斯　你想让我来做？

戴维　我一直想看看别人是怎么工作的。你明白吗？

古斯　好吧，来吧。我们把它拆开。（他脱掉外套）你
　　　有套筒扳手吧，零点二五英寸的？

戴维　（生出一种全新的兴奋感）我还没有套筒扳手，
　　　不过……

古斯　没关系，给我一把开口扳手。（戴维迅速去找扳
　　　手）你这儿有多少油？

戴维　（找到扳手）只有几夸脱。我刚让它跑了一分
　　　钟。我去把油放了。

　　　　　　　［他迅速钻进车底，旋开排油螺帽，

　　　　　　把一个罐子放在下面，此时……

古斯　你结婚了吗？

戴维　还没有……（在车底）但快了……你呢？

古斯　（准备工作，单膝跪在车旁）没有，但我总是
　　　充满希望。这个镇上有漂亮的红发姑娘吗？（准备
　　　滑进车底）

戴维　（笑）必须是红发的？

古斯　对，我喜欢这个颜色。在我看来，美国小镇上总

是会有很多红发姑娘。这可能是因为我总体上喜欢小镇。这辆车什么时候得修好？（滑进车底）

> [戴维让出空间，跪坐在车旁。

戴维　早上十一点，如果可能的话。你认为可以吗？

古斯　哦，时间充裕。你有车可以把这个曲轴带去牛顿市吗？

戴维　有，外面那辆福特。哦——我的背。

古斯　伸展一下，别紧张。

戴维　（躺在地上放松）天哪，你真会摆弄那把扳手。很多时候我干着活儿，就想知道他们在工厂里是怎么做的——我是说，正规的。

古斯　在工厂里，他们有时候也会想，正规的做法是怎样的。

戴维　（笑）对，我想也是。（停顿，古斯工作）天哪，我突然觉得累极了。我整晚都在修它，你知道吗？

古斯　睡吧，去吧。修到有意思的地方，我会叫醒你。

戴维　……不要以为你是白干活，我会和你平分账单的。

古斯　胡说。（笑）我们将来会扯平的。互帮互助。

> [戴维的头枕在手臂上，脸朝着奥

地利人。古斯默默地工作了好一会儿。戴维的呼吸声渐重。古斯注意到他闭上了眼睛……

比弗斯先生？

⌈戴维睡着了。

古斯从车底钻出来，拿起自己的大衣，盖在戴维身上，低头看着他。他脸上浮现笑容，惊奇地摇了摇头，视线从戴维身上转到店里的各个角落。然后，他高兴地，带着某种期待，低声说……

美国！

⌈他俯身滑进车底，灯光熄灭。

同一场景，灯光亮起。从谷仓的大门外，大片阳光倾泻而入。戴维睡在原来的地方，大衣还盖在他身上。但是现在汽车已经从千斤顶上下来了，引擎盖也被装回发动机上。工具整齐地堆放在旁边。

J. B. 、丹·迪布尔、海丝特、帕特

和阿莫斯进来。

J. B. （在他们进门时，对丹说）我们来得有点早，

所以如果他需要更多时间，你就等着，丹……（看

到戴维，静静地）他做了什么，在这儿睡了一

晚上？

阿莫斯 一定是的。他没有回家。

J. B. （对丹）你面对的就是这种性格的人。我希望你

不要忘记感谢他。

迪布尔 （忧心忡忡地摸着挡板）它看起来和我送过

来时一样。你认为修好了吗？

〔海丝特走到戴维身边。

J. B. （看着戴维）别担心，修好了。

海丝特 我该叫醒他吗？

J. B. 叫吧。我想马上告诉他。

海丝特 （俯身，轻轻摇晃他）戴维？戴维？

戴维 嗯？

海丝特 醒醒。J. B. 来了。现在是早上了。 （笑）

瞧他！

戴维 哦。 （坐起来，看到 J. B. 和迪布尔）哦，

好，好。

　　　　[他迅速起身，大衣从身上滑落，

　　他接住了。他盯着大衣看了一瞬。

海丝特　（把他的衬衫整理好）都做完了吗？

戴维　什么？我还没睡醒，等一下。（他揉了揉头，走了几步）

J.B.　（十分引以为豪，对迪布尔说）这就是年轻啊。在任何地方都能睡。没有什么打扰到你。

戴维　现在几点了？

J.B.　大约十点半。

戴维　（惊恐）十点半了！天哪，我没想要睡那么久的……！（环顾四周，突然感到焦虑）

海丝特　（笑）你这样子真好笑！

J.B.　那么，你干得怎么样，戴夫，都完成了吗？

戴维　完成？嗯，呃……（他看着那辆车）

J.B.　如果没有，丹可以等。

戴维　好……等一下，我……（他环顾店里）

海丝特　在找你的工具吗？就在这儿地板上。

戴维　（他继续环顾了一会儿，看着工具）哦，好的。

（他看着这辆车，仿佛它会爆炸。他掀开引擎盖，看着发动机，此时……）

J. B.　怎么样，很难吗？

戴维　嗯？对，相当棘手。

J. B.　有什么问题吗……？

戴维　没有，我……（他跪下来，看向引擎下面）

迪布尔　我现在可以把它发动起来了吗？

戴维　（站起来，看着大家，如在梦中）好吧，试一试。等一下，让我来。

迪布尔　（跟着他走到车门前）不要弄脏内饰……

J. B.　别操心内饰，丹，过来。

迪布尔　（来到车头前，和 J. B.、海丝特站在一起）他们总是穿着脏衣服上车……

　　　　〔引擎发动了。它发出平稳而低沉的嗡嗡声。J. B. 得意洋洋地转身对丹微笑，后者悄悄靠近引擎，听着声音。海丝特注视 J. B.，心怀期待又忐忑，然后看着丹。过了一会儿，引擎熄火了。戴维从车里出来，慢慢进入大家的视线，他的眼睛睁得大大的。

帕特 （对丹说戴夫）技术高超，技术高超。

J. B. （笑容满面，对迪布尔）怎样，你这傻瓜？

迪布尔 （兴奋地）哎呀它这真是，听起来真是好了。

（他绕着车窥探）

戴维 听着，J. B.，我……

J. B. （举起拳头敲打挡板）妈的，戴夫，我一直就
说！你知道你做了什么吗？

海丝特 戴夫，J. B. 打算……

J. B. （对海丝特）我付钱，至少让我来说。丹，你先
过来，告诉戴夫他们在伯利对你做了什么。你听
听，戴夫。帕特，我想让你听听这事。

　　　　　　　　　　〔帕特和阿莫斯走进人群。

迪布尔 （摸着挡板的边缘）我觉得他在这里撞了
一下。

J. B. 嘿，管他呢，过来告诉他。（迪布尔过来）伯利
的那个人怎么样了？

迪布尔 在伯利有家修拖拉机的汽修厂。但他不太合
理……

115

J. B.　告诉他那人是怎么做的。

迪布尔　我把这辆车送过去，他说我必须把它拆开，每一个螺丝和螺栓都要拆。他一心想要收我一百三十一美元的工钱。所以，我想现在是时候停止对伯利汽修公司的资助了。

帕特　这很明智，迪布尔先生。

戴维　他有没有告诉你车子出了什么问题，那个伯利人？

迪布尔　对，他说了，他总是告诉你这个那个，但我不记得……等一下……其中说到有一个他们叫做……曲轴的小玩意？他说它弯了，或是裂了，也可能是凹陷了……

J. B.　（对戴维笑，然后又对丹说）在一辆全新的马蒙车上！他到底想从曲轴上得到什么？

帕特　可耻。

戴维　听着，J. B.，让我告诉你……

J. B.　（把戴维和丹拉到一起）说吧，戴维。你好好听听，丹。这是你有史以来第一次听机修工说实话。（对戴维）继续，告诉这个可怜的傻瓜是怎么回事。

〔戴维呆呆地站着，看着 J. B. 狂喜的脸。他转向海丝特。

海丝特 （几乎站立不稳，骄傲地）告诉他，戴维！

戴维 （回头看 J. B.，他叹气）只是很多小问题，就这样。

〔戴维走开几步，走到一个挡板前，心不在焉地摸了摸。这可以被视作谦虚。阿莫斯此时站在一边，一只脚踏在汽车保险杠上，好奇地看着。

J. B. 怎么样？你怎么说，丹尼？你现在看到的是一个机修工！

帕特 （对丹说戴夫）六岁的时候他就能修好熨斗的插头。

迪布尔 （走到戴维身边）听着，戴维，我有个提议。每次我的拖拉机出点问题，我都要付零件费才完事儿。如果你能给我修，我可以保证你赚得更多……

戴维 我很感激你，迪布尔先生，但我没有修拖拉机的工具……

J. B. 等一下……

戴维 （差点儿紧张地叫起来）让我说点什么，好吗？要修理这样的重型发动机，以及一般的拖拉机，那人必须得是……好吧，我没有工具，就是这样，我没有机器。

J.B. （干脆利落地）但你已经有机器了。

海丝特 你快听，戴维！

　　　　　　　　　　　　　　　　［戴维看着他。

J.B. 你出去买你想要的一切。把这栋楼修好。门前铺一条水泥车道。我来付账。给我百分之一的利息。（直率地）让我在一生中做些好事！

戴维 （仿佛体内在发热，他的声音变得高亢）我不知道我是否已经准备好了，J.B……我得研究一下拖拉机……我……

J.B. 那就学吧！现在是时候了，戴夫。你年轻，强壮……！

帕特 （对丹）他很强壮。

迪布尔 （拿出一卷钱）我欠你多少钱，孩子？

　　　　　　　　　　　　　　　　［戴维看向丹。

戴维 欠我？

J.B. 就算六十美元整吧，戴夫。因为它没有我们想象

的那么难。（戴维看着 J. B. ，J. B. 不等他反对）

六十美元整，丹。

迪布尔　（费力地数钱，扯出每张钞票，放在戴维迟

疑的手里）一、二、三……（继续数）

海丝特　（被丹逗乐了）那些都是一块钱？

迪布尔　我带的都是一块钱。否则说不准什么时候，你

就错付了五块钱。（继续数钱）政府应该把钱印成

不同尺寸。

J. B.　拥有两个明星的感觉如何，帕特？（他的手一

挥）我可以看到一个巨大的红色标志悬挂在空中。

戴夫·比弗斯，拖拉机股份有限公司……

　　　　　　　〔海丝特注意到了车旁的大衣。

海丝特　（举着大衣）你买了件新衣服吗？

　　　　　　　〔迪布尔继续数钱放进戴维手里。

戴维　嗯？

　　　　　　　〔他迅速转向海丝特和大衣。丹·

迪布尔继续数钱。戴维盯着那件大衣，

突然被全部事实震慑住了。现在除了迪

布尔之外，所有人都看向大衣。

阿莫斯 （摸着大衣）这是从哪来的？

迪布尔 别闹！五十三，五十四，五十……

　　　　　〔戴维看了看阿莫斯，又低头看了
　　　　看自己的手，钱还在往他手里塞。然后
　　　　他又看了看阿莫斯……

　　　　　　　　　　　　　〔阿莫斯转向他。

阿莫斯 怎么了？

海丝特 你怎么了？

　　　　　　　　〔戴维突然把钱递给海丝特。

迪布尔 喂！

戴维 （他收回手，仿佛钱在烧手，对海丝特）拿着
　　它，好吗？我……

　　　　　〔他指着右边的某个地方，好像有
　　　　人在叫他。然后他放下手……并且加快
　　　　速度大步走出去。

海丝特 （惊愕）戴维……（看到他离开，她匆匆追
　　到右边，停住）为什么……他在跑！（惊叫）戴
　　维！（她跑出去）

　　　　　〔J. B. 、帕特和丹站着，目瞪口呆

地看着他们消失在车道上。阿莫斯站在
舞台前部中央。

迪布尔　这孩子到底怎么了？我还没给完钱呢。

　　　　〔他们站着，看向右边。阿莫斯看
着那件大衣。他把它翻过来，仔细检
查，困惑不已……

　　　　　　　缓缓落幕

第二幕

第一场

六月。三年后。福克家——如今是戴维家——的客厅。这是农场住宅的房间，但装修得很明亮。右侧是通往户外的实木门。在后墙的右边，有一扇通往餐厅的旋转门。舞台后部有一道楼梯，楼梯口在左边。通向卧室内办公室的一扇门在前舞台左侧。左边有一扇窗户。右边通往户外的门的两侧各有一扇窗户。优质的蓝色地毯，零碎的东西，有新有旧。橡木。门旁有一双穿旧的橡胶靴。

舞台上没有人。一个美好的夏日，不太

热。中午。过了一会儿，门铃响了。

海丝特 （从楼上，兴奋地喊道）他们来了！戴维！

戴维 （匆匆下楼，扣上白衬衫。他穿着熨好的裤
子，擦亮的鞋子，头发刚梳理好，他喊道）我
去开门，我去了！

海丝特 （她的脑袋从楼梯扶手和天花板的交会处伸
出来。当戴维从楼梯上下来时，她迅速打量这
个房间）把你的靴子拿走！我刚刚把房子装修好！

　　　　　　　　　　　　　　　　　［门铃响了。

戴维 （朝门外喊）等一下！（拿起靴子，对海丝特）
去吧，穿上衣服，快中午了！（他打开通向餐厅的
门）

海丝特 不要把靴子放在那里！太脏了！放去地窖！

戴维 但我一直把靴子放在这里的！

海丝特 但你保证过，一旦房子粉刷完就不放了！

　　　　　　　　　　　　　　　［门开了。古斯进来。

古斯 不用麻烦了。是我。

　　　　　　　　　　　　　［他穿着一套白色的棕榈滩西装，
　　　　　　　　　　没有戴帽子。海丝特和戴维惊讶地盯着

他。海丝特从楼梯上下来。她身着睡
袍，但穿上了她最好的鞋子。头发很
整齐。

海丝特　哎呀，古斯！你看起来真帅！

古斯　今天是个特殊的日子，我决定让人眼前一亮。

海丝特　不，你和这个房间浑然一体。

戴维　（和古斯一起笑起来）小心点，否则她会把你挂
在沙发上的相框里。（他朝她跺脚，让她动起来）

海丝特　（尖叫着跑上楼梯，走了几步，靠在扶手
上）你女朋友在外面吗？把她带进来。

戴维　嘿，没错！你女朋友呢？

古斯　（抬头看）好吧，我俩突然决定，在她能变得像
海丝特一样美丽之前……

海丝特　哦，你呀。

古斯　（张开双臂，像一个乞求的情人）在她表现出
有本事把房子改造成这样之前，在她等等等等之
前，她不是我的女朋友，所以我整个星期都没见
她。总之，我已经决定了，我只需要一个红发
姑娘。

海丝特　（对古斯）他们进来时，你就站在房间中央。

你让这个房间看起来就像《女士家庭杂志》上的照片一样。

戴维　（开始催她）穿好衣服，行吗？如果我们没准备好，爸爸会把我的头砍掉！

〔海丝特高兴地笑了，跑上楼去。

古斯　（环顾四周）装修得真好。你知道，从几百米外，就可以看到这栋房子在阳光下熠熠生辉。

戴维　哎，瞧这大太阳！（直接走到窗户前）上帝一定是在今天早上一把拉起了太阳，抓住他的后颈，说：来个棒球日。

古斯　（摸着墙）现在它真称得上是个家了。真了不起。

戴维　（若有所思地笑，指着右边的窗户）你知道吗，今天早上下楼的时候，那扇窗户引起了我的注意。小时候，我经常从那窗下溜进来，偷看海丝特做作业，再偷偷溜走。而现在，我每天可以在这栋房子进进出出五十次，夜夜在他的房间里睡大觉！（透过窗户看去）不管他在哪儿，我打赌他还是搞不清楚状况。如果你愿意，可以读读百科全书。我去打上领带。（走到楼梯口）

古斯　（环顾四周）百科全书，家具，新水管……什么时候我才能在这里看到几个小鬼啊！

戴维　（停在楼梯口）有什么好着急的，你是有旧西装想让他们毁了？

古斯　我？我总是提溜着宝宝的后颈，不过……（懒散地）没有孩子，你这里二十年都没有东西要修。当什么都没被打破时，生活就很无聊。（他坐下来，伸手去拿一卷百科全书）

戴维　（瞥了一眼楼上，离开楼梯，小声地）我一直想问你这个问题。

古斯　什么？

戴维　（犹豫了一下，幽默地）你有没有听说过，没有孩子是因为男人的缘故？

古斯　当然，为什么不是呢？你怎么不和她谈一谈？

戴维　（不自然地笑）我好像抽不出时间。我的意思是，我们总是想当然地认为，当时机成熟时，孩子自然就会来了。

古斯　你去看医生，然后就知道了……或者说，你想知道吗？

戴维　我当然想，但我不知道，这么做似乎不对，尤其是我们在经济上已经准备好两年多了。

古斯　对！这和对错有什么关系呢？世界上没有正义。

戴维　（看着他，然后走到楼梯口，停下）我永远不会相信那一套，古斯。如果一个人没有得到他应得的东西……那么，这就是一间疯人院。

海丝特　（从楼上）有辆车停在门前！（下来）你把你的靴子放好了吗？

戴维　（略带恼怒）是的，我把它们放好了！（走到门口去）

海丝特　（匆匆下楼）你没有！（匆匆穿过房间朝靴子走去）一星期内他就会把这地方弄得像猪圈！

〔戴维打开门，向外看。

古斯　（对海丝特）习惯吧，等你有了孩子在身边，这儿就不会这么整洁了。

〔戴维迅速转向他，脸上露出怨恨的表情。

海丝特　（停止动作，她的表情中闪耀着渴望的光芒，手里拿着靴子）你不觉得这是栋适合孩子的好房子吗？

戴维　你好！你好，迪布尔先生！没想到今天能在这儿见到你。请进，请进。

       〔丹·迪布尔在门垫上小心翼翼地擦完双脚后进来。

迪布尔　因为有事得去见 J. B. 。我想我应该停车打个招呼。下午好，比弗斯夫人。

海丝特　你好，迪布尔先生。（她拿起靴子，走了出去）

戴维　你认识古斯·埃伯森吧。他和我在店里共事。

迪布尔　当然，你好吗，古斯？哎呀，你看起来更像个银行家，而不是机修工。

戴维　是最好的机修工。

迪布尔　我总是说——永远不要以貌取人。人和衣服很快就会分离。（他们笑）J. B. 告诉我，你曾经在镇上开了一家自己的店，在白杨街那边，是吗？

戴维　我们合并了，古斯和我。

古斯　事实上，迪布尔先生，过了头七个月，我就没钱没顾客了。我现在为比弗斯先生工作，已经两年多了。

迪布尔　好吧，我头一次听说这种事，雇工坚持说他不是老板的合伙人，老板却说他是。

古斯 （轻笑）比弗斯先生有时有责任感过强的毛病。

迪布尔 所以我才发现他是一个天生的养貂人。你再次考虑过了吗，戴维？

戴维 考虑了很多，迪布尔先生，很多——但我恐怕还不能给你答案。

迪布尔 今天有时间了解一些情况吗？

戴维 说实话，我们在等 J. B. 和肖里，要去伯利参加球赛。你听说了我哥哥的事，对吗？

迪布尔 J. B. 说了他要和那支黑人球队对垒。哎呀，如果他能把那些男孩打倒，他就真的要进大联盟了。

戴维 我猜今天比赛结束后，阿莫斯·比弗斯就要为底特律老虎队效力了。

迪布尔 这么说，他们真的接受了他，嗯？

戴维 差不多吧。老虎队的球探今天会在看台上。

迪布尔 嗯，那就是时候了。

戴维 是的，我想从长远来看，事情会越来越好。不如你今晚过来看看？比赛结束后有个大型烧烤会。

　　　　　　　　　　　　　　〔海丝特从饭厅进来。

迪布尔 谢谢，我很想来，但我得赶回去，看看我的水貂能不能按时正常进食。

海丝特 戴维总是不停地说起水貂。（坐下）那只头上有白点的小家伙还在吗？

戴维 （看到海丝特的兴趣，他心中燃起了快乐的活力）哦，那一只可能已经出入了十几家纽约夜总会了。（他们笑）

海丝特 （感到不安，对迪布尔）哦，你没杀了它吧？

戴维 （对古斯和海丝特）这就是你们对水貂的态度，它们就像人一样，神经质的小人儿。

迪布尔 我把它们叫做我的小银行家。把一美元的饲料倒进水貂嘴里，它们会回报你百分之四十——世界上最好的小银行家。

戴维 除了它们掉价的时候，迪布尔先生，除了掉价的时候。

迪布尔 水貂从来不掉价！

戴维 哦，你要知道，迪布尔先生……

迪布尔 水貂不会！是它们的饲养员干得不好。当一个人想养水貂而破产，那主要是因为他粗心。据我所看到的一切，戴维，你不是那种人。你的农场像医院一样干净，而水貂需要一个干净的地方。当我的医生告诉我要歇一歇，我决定卖掉一些种貂时，我第一个也是唯一想到的人就是你。

戴维 我最近一直在打听，和我交谈的每个人……

迪布尔 （也对古斯说）我很高兴你做了调查。这说明你是个谨慎的人。现在我告诉你我的答案。世界上最简单的事就是杀死一只水貂。水貂会死于冷气流，死于心脏衰竭，消化不良会杀死它们，嘴唇破裂、坏牙或交配困难，都是问题。更糟的是，水貂是脾气暴躁的老女人。我在它们身边干活时，穿一件棕色帆布旧外套。如果我换了外套，它们可能就会开始吃自己的孩子。来一阵巨大的噪音，比如打雷，或者一场大冰雹，母亲就会把孩子抱起来，放在笼子里的空地上，然后自己回到巢箱，闭上眼睛，好像孩子离开了它的视线，就脱离了危险。而当风暴结束时，可能会有六到八只幼崽淹死在那里。我见过水貂互相残杀，我见过它们撑死、饿死，我还见过它们仅仅因为忧虑就死了。但是！在我的牧场上没有！我可以向任何人展示我的记录。

戴维 （对古斯）是一桩生意，哥们！

古斯 一桩生意！那是一台老虎机。你要貂皮做什么？

戴维　哦，这里面有种刺激，古斯。当你把一车皮毛送到纽约的时候，你就知道你做成了事，你……

古斯　怎么，你没有做成事？（指右边）你开了一家了不起的大汽修店，一个拖拉机站，你把这个农场搞得多好啊……

戴维　（不那么激烈地说着，他享受这种谈话）是的，不过就因为你的名字在上面，这件东西就真的属于你吗？难道你不觉得你得足够聪明，或者足够强大，或者有足够的能力来赢得它，它才真正属于你吗？你不能靠唬弄水貂，就让它活下来。（转向迪布尔）我告诉你，迪布尔先生……

迪布尔　慢慢来。考虑一下吧……

戴维　我给你打电话。我会让你知道的。

迪布尔　等候佳音。请记住，在纽约，人们为了一件貂皮大衣而杀人。女人为了貂皮卖掉她们的珠宝，卖掉她们的……那些纽约女人，为了貂皮几乎可以卖掉任何东西！

　　　　　〔他们笑起来，此时外面有两辆车的喇叭声急促地响起。

戴维　（对迪布尔）是我哥！

古斯　（当戴维开门时）瞧，就像两只孔雀！

海丝特　（在门口，欣喜若狂地回头对迪布尔说）他
　　　们已经等了很久了！

戴维　（兴高采烈地从门口回来）他来了！克里斯
　　　蒂·马修森二世！

　　　　　　〔阿莫斯和帕特森进来，后面跟着J. B.。

海丝特　（抓起阿莫斯的手）你的胳膊怎么样了，
　　　阿莫！

阿莫斯　（正面投球）砰！——他出局了！

帕特　（举起他的胳膊）上帝保佑这一天！（突然）我
　　　不等任何人！（威胁要再次出门）

J. B.　（对海丝特）肖里在车里等着呢！我们走吧！

海丝特　带他进来。我们喝一杯吧！

　　　　　　　　　　　〔没有人听到她的话。

戴维　你为什么看起来这么悲伤，爸爸！（突然拥抱帕
　　　特）

海丝特　来点威士忌，戴夫！

帕特　（愤慨地——他已经挣脱了戴维）你想闷死在
　　　这里吗？把这房子的窗户打开！（他四下跑动，把

134

窗户打开）

戴维　（笑）我们马上就走！电报在哪儿呢，阿莫！

（阿莫斯开口，但帕特打断了他）

帕特　（忙着开窗）让阳光进来吧！多么美好的一天！多么美好的一年啊！多么美好的国家！

海丝特　（追在帕特后面）你带了电报吗？（她堵住他，笑）电报在哪儿？

帕特　我不需要带它。只要我活着，我就不会忘记那封电报。（从口袋里拿出来）"西部联盟。服务等级。这是一份普通电报或海底电报，除非用适当的符号表示其递延性质……"

海丝特　你读那些做什么？（试图从他那里抢过来）球探说了什么！

帕特　（把它抢回来）我在给你读，就像我刚拿到它时那样读——从头到尾。

戴维　让他读吧，海丝！

　　　　　　　　　　　　　〔他们安静下来。

帕特　我上一次有这种感觉还是读《圣经》。"帕特森·比弗斯，默多克街二十六号。将到伯利观看七月十六日（星期日）黑巨人队比赛。期待看到阿莫斯·比弗斯的表现。诚挚的问候，奥吉·贝尔法斯特，底特律老虎队。"（傲然环顾四周）二十一年了，我一直在等这份电报。他刚会走路，我就在地窖里训练他。阿莫斯在学校成绩不好的时候，大家都笑话他。我说，忘掉作业吧。眼睛看着球。专注，我说……

J.B.　（很感动，又担心帕特无休无止）看在上帝的分上，让我们都来喝一杯吧！

戴维　我拿酒来！（走到门外）

海丝特　（指着外面，对 J.B.）我去把埃莉带来！你为什么不和我们一起去看比赛呢，迪布尔先生？（她开始向门口走去）

J.B.　（有点尴尬，拦住海丝特）最好别管她，宝贝。你知道她对酒的态度。我们不要惹事。

古斯　肖里喜欢喝酒。我去带他来。（他从左边出去）

帕特　戴夫的车里空间大，迪布尔先生。（他审视迪布尔，一边无意识地按摩阿莫斯的胳膊）

J.B.　（把手伸向海丝特）你觉得这个怎么样？

海丝特　结婚戒指！你要给埃莉一枚新戒指？

J. B.　（热情地）不，这是我的。自从我们决定收养一
　　个孩子，我觉得我们就像新婚夫妇。

海丝特　（用双臂抱住他）你真是个傻瓜！

　　　　　　　　　　　　　〔古斯推着肖里的轮椅进来。

肖里　（对 J. B.）嘿，孩子他爸，不要上马不行下马跑
　　路啊。

　　　　　　　　　　　　　〔戴维用托盘端来饮料。

海丝特　（半开玩笑，对肖里）你思想肮脏。

肖里　夫人，别夸我。（对戴维，自从肖里进来后，
　　戴维一直在观察海丝特）嘿，她老公，酒在哪儿？

戴维　来吧，各位。在我们走之前！（分酒……举起酒
　　杯）干杯！祝每个人好运——每个人！

　　　　　　　　　　　　　〔所有人都举起酒杯。

古斯　（对阿莫斯）祝下一届世界职业棒球大赛顺利！
　　（开始喝酒）

戴维　等等！让我们干一大杯……为我们所有的心愿。
　　为阿莫斯！为爸爸……

古斯　为戴维和海丝特！为他们的繁荣，他们的商店，

他们的拖拉机站，他们的农场……

迪布尔　（突然想到）还有他们的水貂！

海丝特　（迅速抱怨）不……

戴维　（他看着海丝特，她的脸色缓和下来）现在不
　　　谈水貂！从今天起，一切都将成真！敬我们的
　　　孩子。

古斯　敬他们的孩子。

J. B.　他们的孩子。

海丝特　（温柔地）就在今年。说吧。

戴维　（他们的目光瞬间交汇，并胶着）在今年……
　　　我们心中所渴望的一切……我们所有人：就在
　　　今年。

〔所有人喝酒。

帕特　（看了看表）嘿！我们迟到了！我们喝醉了，而
　　　整个世界都在等着我们！来吧！

〔他们都冲出去，呼喊，欢笑……

幕　落

第二场

　　客厅。当天晚上大约七点。

　　舞台上空无一人。隐约可以听到正在烧烤的客人的轻声细语和偶尔的笑声。

　　随即，戴维从前门进来，身后跟着丹·迪布尔。戴维走到桌前，取出一本大支票簿。他手里拿着笔，停在支票簿上。

戴维　这是一笔巨款。我这辈子都没开过这么大额的支票。

迪布尔　你从来没有这样一本万利，戴维。你将拥有优质的种群，最好的种貂。剩下的就看你的了。

戴维　迪布尔先生，我从未想过我的手会发抖。

　　　　　〔舞台前部左侧的门打开，帕特出现了。他轻轻地关上身后的门。

戴维　还在睡觉？

帕特　嘘，我总是让他在比赛结束后睡个长觉。

戴维　你不打算吃点东西吗？

帕特　我现在什么都吃不下。等贝尔法斯特来了我再吃吧。（他坐在沙发上）刚才我看着阿莫斯睡在沙发上，我突然想到，你有没有注意到他长了一张多么刚毅的脸？

戴维　（边写支票边说）他很棒。今天的比赛之后，世界上没有人会怀疑这一点。他真的很棒。

帕特　他在场上看起来是不是很高贵？

戴维　高贵到可以投他选票。

戴维　（边撕支票边说）这是你的支票，迪布尔先生。

（迪布尔接过支票）

迪布尔　你永远不会后悔，戴维。

戴维　我希望不会。

迪布尔　好了，我现在要走了。你一准备好笼子就给我打电话，我就把它们带过来。（戴维送他到前门）晚安。

戴维　晚安。

　　　　　　　　[迪布尔下场。戴维转身回到房间。

帕特　知道我为什么特别高兴吗？我想你已经把这事看得太重了，戴夫。我本来想和你谈谈的。因为我从来没怀疑过他会出人头地。

戴维　我只是不喜欢我把一切都搞定，而他却在一旁等

待，就像……我的意思是，你会怀疑是否还没轮到
你自己。

帕特 就像什么？

戴维 一种失落……一种巨大的不快乐。但他现在已经
上路了。我知道的，爸爸。

> [门开了，J. B. 提着一个崭新的旅
> 行袋进来。他有点醉了。他的一只手里
> 拿着一张纸条。

J. B. 有惊喜！（帕特跳了起来，手指放在嘴唇上）

帕特 嘘！

J. B. （小声说）有惊喜！把他叫醒。（指着旅行袋）
惊喜……

帕特 比赛结束后，他必须睡一个小时，否则会发脾
气。（指着手表）等几分钟。

戴维 等他倒计时结束。

帕特 （猛地）嘘！（恐吓 J. B.）如果他发脾气……！

> [门开了，阿莫斯站在门口。

J. B. 嘿，阿莫斯……（举起旅行袋）惊喜。

阿莫斯 啊……！（阿莫斯接过旅行袋，高兴地抚摸）

J. B.　这是我们感情的象征，来自……等一下……

（把纸条拉直）海丝特、肖里、古斯、戴夫、埃

莉，还有我，还有贝尔。（指向舞台后部）

阿莫斯　（抚摸旅行袋）天哪，你们用不着这样。

J. B.　（言辞越来越夸张，满怀感慨）不，你不知道

你将有多少次旅行。（眺望远方）西贝公园①、科

米斯基球场②、运动员公园③——波士顿、芝加哥、

克利夫兰、圣路易斯……当你在一场漂亮的无安打

比赛后收拾东西时，会想到在老家的我们。（说定

了，他敲了敲一个搭扣）实心黄铜。

阿莫斯　（荣耀使他狂热）给我那份名单。（从 J. B. 手

里拿过来）等我拿到第一份薪水，我要给你们所

有人送一份大礼！比如说……（拉住帕特的手腕，

看他的手表）几点了？

---

① Shibe Park，后来被称为康尼·麦克体育场（Connie Mack Stadium），位于费城，于 1909 年开放，是棒球界第一个钢筋混凝土体育场。它是美联（AL）的费城运动家队和国联（NL）的费城费城人队的主场。

② Comiskey Field，位于伊利诺伊州芝加哥市的棒球场，从 1910 年到 1990 年，该体育场一直是美联芝加哥白袜队的主场，曾举办四次世界大赛和六千多场美国职业棒球大联盟比赛。

③ Sportsman's Park，位于密苏里州圣路易斯市，1920 年至 1953 年，它是美联圣路易斯布朗队和国联圣路易斯红雀队的主场。

帕特 （抓着他的胳膊）你听到他在更衣室里说的话了。他必须打完几个长途电话，然后就会到这儿来。来吧。我给你揉揉。

〔他们开始上楼的时候，海丝特进来。

海丝特 约翰，你最好出去。埃莉要回家了。

J. B. （惊恐和受伤）为什么？（对所有人）我醉得这么厉害吗？

戴维 快点，也许你还能赶上她。

J. B. 跟我来，戴夫……告诉她……

戴维 去洗洗吧，阿莫……收拾得漂亮点。我就回来。

〔戴维和 J. B. 出去了。

海丝特 （看着门）为什么他总是这么做？（对正在翻找旧旅行袋的帕特说）我给你拿些毛巾。上来吧。

帕特 哦，不用，我们自己带了。别人的毛巾，谁也说不准。（他把一条毛巾叠在胳膊上，阿莫斯正看着窗外）

海丝特 （几乎笑出来）好吧，我不会给你一条脏毛巾的，傻瓜。

帕特 二十一年来，我几乎让他保持无菌状态。现在我也不会让他受到感染。来吧，阿莫斯，去洗一洗。

[阿莫斯和帕特上楼时，J. B. 进来
了，后面跟着戴维。J. B. 喝醉了，站
立不稳，但还没有踉跄。他闯了进来，
直接来到海丝特身边，握住她的手，挨
近她的脸说话，好像是为了更好地辨别
她的反应。

J. B.　海丝特，你得为我回家。（他无助地走到窗前）

戴维　也许她只是在骗人，约翰……

J. B.　不！但是……（对海丝特）必须有人为我回家！

（他突然发出不受控制的抽泣声）

海丝特　到底是什么……！

戴维　（愤怒地）约翰！（摇晃他，然后让他坐下）约
翰！你能不能不说话？

海丝特　（走向 J. B.）发生了什么事？她说了什么？

J. B.　（停止抽泣，坐在椅子上，非常轻微地前后摇
晃）这些年……我们本来可以有孩子的……让人疲
惫的这些年。

海丝特　你在说什么？

J. B.　（任性地指着通向外面的门）刚刚告诉我……

她编造了医生的事……编造了一切。我们原本可以
有两个孩子的。（看着戴维）她不要。她不要。因
为我喝酒，她说。一个酒鬼，她说！他们会把我的
名字从邮箱上抹掉，就像我从来没有活过一样！

海丝特　上楼去，躺下。你让我很生气，我都想掐死
你！你可以拥有世上的一切，你却把它喝没了。

J. B.　如果我有个儿子……我一滴也不会碰的。

海丝特　哦，走啊！（她试图把他推到楼梯口）

J. B.　我只是个失败者，戴夫。这世上到处都是失败
者。人只需要犯一个错误，就是一个失败者。

　　　　　　　　　　［戴维转过头，有点恼火。

戴维　（不耐烦地）我知道，约翰。（再次看向窗外）

J. B.　你是我认识的唯一一个从不犯错的人。你理解
我。看着我！我在说话。

戴维　（此时完全转向他）你在说什么？

J. B.　我并不像看起来那么醉，戴维！你是个好人，没
错。你知道该怎么做。但你的一生运气好得出奇，
戴夫。永远不要太看重运气。运气就像季节，季节
会消逝。

海丝特　上楼吧，要不然你就活不成了。

　　　　　　　　　　　　［帕特下楼，手里拿着表。

帕特　我的表显示八点半，他在哪？他告诉你不会超过

　　　八点，对吗？

戴维　说明他已经晚了半小时。就是这个意思，不

　　　是吗？

帕特　我不知道该怎么跟阿莫斯说。我让他再洗个澡。

戴维　（恐惧渐增）他今天打了一生中最伟大的比赛，

　　　还需要告诉他什么呢？那个人一定会来的。

帕特　也许他是在和我们开玩笑。他看起来有可能是那

　　　种人。

戴维　你能不说了吗？

帕特　……阿莫斯在第八局那两人占垒的时候，确实看

　　　起来有点紧张。

戴维　但是他们并没有得分！现在你别说话了。（帕特

　　　看着他，带着受伤的表情，然后走向楼梯）爸

　　　爸，你想让我做什么；我不能在自家后院里培养

　　　他，对吗？

　　　　　　　　［古斯推着肖里进来。帕特在楼梯

　　　　　　　口转身，张嘴要说话，然后上楼，走出

　　　　　　　视线。

肖里　（当门关上时）我感到身心俱疲。我进来是想说
　　　晚安……反正外面的派对已经散了。

戴维　不，稍等一下。我不想大家都离场。（他走到窗
　　　前，此时……）

肖里　那人告诉你七点半，你怎么会相信他说的是八
　　　点？你告诉我他说的是七点半，不是吗？

戴维　（他的怒气是针对球探的，他一直在搜寻窗
　　　外）他可能半路爆胎了。

肖里　换轮胎不需要一个小时，戴维。

戴维　（紧张地转身）别走。求你了。

　　　　　　　　　　　　　　〔海丝特进来。

　　　（对海丝特）大伙儿都开始离开了。（把她推回门
　　　口）等球探走的时候，我希望这儿有个派对。把他
　　　们留下来。

海丝特　这又不是世界末日。我不希望你这副样子。他
　　　的遭遇不是你的错。（她抓住他）你为什么要这
　　　样？戴维……

戴维　我搞不懂，向上帝发誓，我搞不懂。（大步走到
　　　窗前，他似乎想要逃离这个房间）

肖里　搞懂什么？

戴维　对他来说一切都是那么难。（突然转向他们，无法克制他的焦虑）我想问你们。你们所有人，还有你，海丝。你们知道我能做什么，不能做什么，你们……你们了解我。为什么呢？我所接触的一切，都变成了金子。一切。

海丝特　你是怎么了？为什么……？

戴维　（极其迫切）这让我很烦恼，这……（对所有人）我是怎么了？我从来没有……从来没有输过。从小我就期待阿莫斯冉冉上升，大放异彩。他是天之骄子，他有本事，他在一件事上出类拔萃。为什么？都靠运气吗？是这样的吗？

古斯　胡说八道。你是个好人，戴维。

戴维　你不好吗？

古斯　好，但我……

戴维　那为什么你的店倒闭了？为什么你现在为我工作？（他的举动表明他处在发泄的痛苦中）

古斯　这里的人还记得那场战争，戴夫，他们不喜欢从外国人那里买东西。

戴维　不，这太疯狂了。

古斯　还有，我的店位置不够好。

戴维　古斯，它比我的位置好。每辆进城的车都要经过你那里，他们却来找我。这是为什么呢？

古斯　你懂发动机，戴夫，你……

戴维　包括马蒙车吗？（对所有人）我在银行里有一万四千美元，手头的财产也有这么多。阿莫斯呢？一毛钱都没有。他妈的连一毛钱都没有。为什么？

　　　　　　　　　　　　　　　　［短暂停顿。

海丝特　（走到他身边，对他微笑，想让他也笑，但他没有）为什么这会困扰你？运气好是好事，不是吗？

戴维　（看了她一会儿）如果你所拥有的东西到你手上，是因为你能做一些特别的事情，这种感觉不是更好吗？某些，某些……内在的东西？难道你不需要知道那是什么吗？

海丝特　你不知道吗？

戴维　……我不知道，我不知道。

肖里　你永远不会知道……

戴维　该死的，如果一切都像树上的果实一样无缘无故地掉在你身上，为什么不能无缘无故地离开？你所拥有的一切……突然之间。

海丝特　（挽起戴维的胳膊）来，跟大伙儿说再见吧。

戴维　不……在球探来之前，他们不能回家！现在出
　　　去……

海丝特　（摇晃他的胳膊）这是他的厄运，不是你的！

戴维　是我的！一个人有权得到他应得的东西。他应得
　　　的，该死！（他挣脱她，走到窗前）

海丝特　（生气地）你说得好像你从他那里偷了什么似
　　　的。你从来没有得到过你不应得到的东西。你……

戴维　（忍无可忍，他转向她）我有那么好，他有那么
　　　坏吗？我无法相信。哪里有问题，出问题了！（突
　　　然）我要去伯利。（匆忙地对海丝特说）车钥匙
　　　在哪儿？

海丝特　你甚至不知道去哪里找那个人……

戴维　我会找到他的，钥匙在哪儿？

海丝特　（她抓住他）戴维，别这样……

戴维　我要去，我把他拖来这里……

海丝特　（惊慌）戴维……！

　　　〔他大步向门口走去。肖里抓住他的胳膊不放。

肖里　别闹了！

戴维　放开我！

肖里　（他不放手）听我说，你这该死的傻瓜！你什么
　　　也做不了，明白吗？

戴维　放开我的胳膊……

肖里　（强迫他坐到椅子上）戴维，我要告诉你一件
　　　事……我以前从来没告诉过你，但你现在需要知
　　　道。阿莫斯应该得到更好的，但我也应该得到比现
　　　在更好的。（拍大腿）当我去法国的时候，我的想
　　　象中可没有骨折这件事。离开这个小镇的时候，我
　　　的胡子整齐，头发茂密。女人跑半个州来上我的
　　　床。即使在那里，就像他们说的，在枪林弹雨中，
　　　我的头顶上总有一颗特别的星星。我是一个永远不
　　　会被击中的人……确实也没被击中，戴维。（他放
　　　开戴维的胳膊，此时戴维没有离开）经过战争，
　　　毫发无伤。惊讶吗？我走进巴黎，一边梳着我的头
　　　发。女人们在街道两边冲我微笑，在停战的哨声
　　　中，我走上楼梯。我记得她怎样脱下我的鞋子，放
　　　在床底。接下来我所知道的，就是那栋房子压在我
　　　的胸口，而他们正把我挖出来。

〔戴维和所有人都盯着他。

海丝特 大家都说那是一场战斗，我以为……

肖里 （对她说）不，根本就没有战斗。（对戴维）在
战斗中——那勉强算是个理由，男人算是"应该"
成这副模样。而我只是碰巧挑了一个巴黎女人，她
住的房子的看门人，在停战时出去买醉。他忘了给
锅炉加水。（微笑）墙被炸毁了。（用大拇指从肩
头指向舞台后部）阿莫斯的墙刚好被炸毁了。而
你恰好是个幸运的孩子，戴维老兄。水母无论怎么
努力都不会游泳；每次都是潮水推着它。所以只管
吃好喝好，尽情戏水，直到你被抛上海滩，干涸
而死。

〔停顿。

海丝特 （走到他身边）来吧，戴夫，大伙儿在等着道
别呢。

〔戴维被迫迅速转身走向窗户。这
是一个犹豫的转身，一个质疑的转身，
她跟着他大步走到窗前，朝舞台后部看
去……

152

戴维 等等！（跑到窗前）一辆车？（迅速转向所有人）它没有开过去。它停了下来。（他迅速向门口走去，穿过舞台，向右走，帕特冲下楼梯）

帕特 他到了！他来了！大家快出去！（对所有人）大老远从伯利坐出租车赶过来！戴夫，你留下。等他开始谈合同的时候，我想听听你的意见！（帕特冲了出去）

戴维 （当他们都在不停惊叹时）出去，出去，你们所有人！（当他们开始向门口走去，戴维揉乱肖里的头发）你的水母在哪里，兄弟！

肖里 （和其他人在门口）他的运气来了，姐妹，就是这样，他的运气！

戴维 运气，嗯？（他微笑着向肖里俯身，指着左边的大桌子，悄悄说）改天提醒我打开那张桌子中间的抽屉，我会给你看一大堆打去底特律的电话账单。

古斯 （高兴地）戴夫，你给他们打电话了！

戴维 当然，我给他们打了电话。那人在这儿，是因为我把他带到了这儿！（对肖里）哪里的水母能做到这一点！（得意洋洋地，对所有人）谁都不要走。我们今晚要把屋顶掀翻！

　　〔他说完最后一句话，他们都出去了。只有海丝特站在门口。

　　　　〔戴维看了她一会儿，笑着迅速拥抱她。我会把他说的一切都告诉你。

海丝特　一直都要像这样，戴维。（她转身朝这扇门通向的门厅走去）告诉我每个字。（她离开）

　　　　　　〔戴维迅速地把头发往后梳，飞快地看了看房间和自己……

戴维　真是太好了。这就是它该有的样子！

　　　　　　　〔阿莫斯从楼上下来。

阿莫斯　（轻声说话，双手紧握，仿佛在祈祷）上帝，它正在发生，都像应有的那样。因为我很棒。我敢打赌，我大概很了不起！（他说这话时，面对着门，瞥了一眼戴维）

　　　　　　　〔奥吉·贝尔法斯特和帕特进来。

　　　　　　奥吉是个大个子爱尔兰人，衣着整齐。

帕特　（在他们进来时）……没法阻止他办派对。（看见戴夫）哦，他在这儿。

奥吉 （对阿莫斯和戴维）坐吧，坐吧。不用跟我客套。我是奥吉·贝尔法斯特……

　　　　　　〔阿莫斯坐在沙发上。戴维坐在椅子上。这时帕特说……

帕特 我帮你拿外套？

奥吉 （摘下帽子）不妨事，我习惯穿着。但还是谢谢你。（取出口香糖）要口香糖吗？

戴维 不，谢谢，我们一整天都在吃。

奥吉 （当帕特坐下时，他打开一片口香糖。他不停地走来走去；嘴里已经嚼着口香糖了）放松点，用不着怕我。（对戴维和阿莫斯说）我正在告诉你们父亲……我在伯利被几个长途电话缠住了。很抱歉这么晚才来。（他急于得到谅解）

戴维 哦，没关系。我们知道干你们这行的有多忙。

奥吉 谢谢。我知道你们是什么感受。（他踱了几步，嚼着口香糖，看着地板）阿莫斯？（好一会儿，他什么也没说，停下脚步，低头，慢慢打开另一片口香糖）

阿莫斯 （小声）嗯？

奥吉 阿莫斯，你当投手多久了？

阿莫斯 嗯，大概……（转向帕特）

帕特 从他九岁起就一直坚持。

奥吉 （点头，停顿）我想你们知道他是个优秀投手。

帕特 （欣慰地）我们这里的人都这么想。

奥吉 是的，他很稳定，很好。他有一条漂亮的长胳膊，这条胳膊不紧张。他很不错。他对本垒板有感觉。（一直在想别的事情，踱步）

帕特 嗯，我让他在地窖里对着一个目标练习。等他长到这么高，我就把地窖挖得更深，这样就有空间了。

奥吉 是，我知道。今天下午坐在我旁边的人告诉我了。你瞧，比弗斯先生……（他跨坐在椅子上，将手臂叠放在椅背上，面对他们）我希望你对我说的话有信心。我是奥吉·贝尔法斯特，如果你对奥吉·贝尔法斯特有所了解，你就知道他不会投机。这一行的伤心事已经够多了，不需要投机分子制造更多。总的来说，我不欺骗运动员。对我而言，投球就像弹好钢琴，或者写好文学作品一样，所以请试着把接下来的话当成我给你的最终结论，因为我正要这么做。（帕特微微点头，屏住呼吸）我观察过成千上万的男孩，比弗斯先生。长久以来我都在挑选人才。你把阿莫斯训练得很好。他投的球又快又好，投出的曲球下落干脆，控制很精准。有时他的投法几乎是独创的。说到投球，他头脑清醒。嗯。（短暂停顿）两年前我见到他时，我说过……

戴维 （震惊）你以前到过这儿？

奥吉 哦，对，我本想告诉你的。我去年也来看过他……

帕特 你为什么没让我知道？

奥吉 因为有一件事我不明白，比弗斯先生。我今天明白了，但我当时不明白。当垒上没有人的时候，比弗斯先生，你的孩子极其出色……等一下，让我这么说吧，他很好，非常好……我不想说假话，在没人上垒的时候，你的孩子很好。可是一旦有人上了垒，开始在地上摩擦鞋钉，在你儿子背后制造噪音，他就会出问题。我见过一次，又一次，每次上垒时都是如此。一旦观众开始欢呼，比弗斯先生，你的身体就像飘浮在天上。

帕特　但他投出了完封①。

奥吉　只是因为黑巨人队喜欢挥棒。如果他们在第八局
　　　等他出来，靠保送②就能拿六分。你的孩子失控
　　　了。（死一般的沉默）我搞不懂。我实在想不通要
　　　怎么理解它。这个男孩有一条极其出色的……好
　　　吧，我们不说极其出色，我们说一条很好的长胳
　　　膊，但没有一点儿跑垒投球的脑子。有些什么东西
　　　阻碍了他在有人跑垒时投球……

帕特　我知道，过去三年来我一直在训练他。

奥吉　我知道，但三年来，他没有任何进步。实际上，
　　　在这方面他今年比去年还糟。为什么呢？今天我找
　　　到了答案。

帕特　（轻声）你找到了？

奥吉　坐在我旁边的人提到，他从九岁起就在地窖里投
　　　球。这就是原因！现在听我分析。在地窖里，没有
　　　人群。在地窖里，他清楚地知道自己背后是什么。

---

① shutout，棒球比赛术语，指的是从第一局开始到比赛结束，某队
的投手都没有让对方得分。

② base on balls，也称为 walk，棒球比赛术语，指的是击球员获得四
坏球、故意四坏球（敬远球）、触身球或在对方捕手妨碍击打的情形下，
击球员可以直接上到一垒。此处应指阿莫斯因情绪失控投出四坏保送，给
对手在没有安打的情形下制造了得分机会。

在地窖里，你的孩子就是在家里。他只需要专注于那个目标，他的大脑被训练成只接受一个对象，只有那个目标。然而一旦到了一个宽阔的球场上，一群人在他耳边大喊大叫，垒上还有两三个人在他身后来回跳，他的大脑就得同时做很多事；在一个陌生的地方，他变得惊慌失措、麻木无力，他对跑垒的人发火，他完蛋了！从那一刻起，他投的球就一钱不值了！

　　　　〔他站起来，脱掉背心。戴维和帕
　　　　特呆呆地坐着，阿莫斯眼神空洞。

我得去搭火车了，比弗斯先生。

帕特 （慢慢站起来，仿佛在做梦）我不想浪费冬天，所以才在地窖里训练他。

奥吉 （沉思地）是啊，这正是你犯错的地方，比弗斯先生。

戴维 （站起来）但是……那是他的计划。他不想浪费冬天的时间。在地窖……似乎是个好主意！

奥吉 但这是个错误。

戴维 但他已经做了十二年！一个人不可能在十二年里一直犯同样的错误，不是吗？

奥吉　我想有可能，孩子。这是一个很大的错误。

〔停顿。

帕特　好吧……你们没法让他改掉？你们的教练……用
　　　一切手段？

奥吉　世界上没有一个教练能把一个男孩的大脑取出
　　　来，让它退回到十二年前。你的孩子这里被打残
　　　了。（轻扣他的太阳穴）我确信。

戴维　但是如果你对他进行正确的指导，如果你日复一
　　　日地训练他……

奥吉　那需要很长很长的时间，我个人不相信他能
　　　改掉。

帕特　你不能……你不能试试吗，嗯？

奥吉　我知道你的感受，比弗斯先生，但以我的为人，
　　　当我心里知道我们会把这个男孩毫不可惜地抛弃
　　　掉，我就不会把他从他的生活中带走。

戴维　（很长时间，他怔怔站在那里）他没有生活。

奥吉　（俯身倾听）嗯？

戴维　他不知道怎么做别的事。

奥吉　（同情地点点头）那是另一个错误。（他开始转
　　　身离开）

帕特 （好像要把他叫回来似的）我相信如果他专
注……专注……我自己总是从一件事跳到另一件
事，从来没有任何进展，所以我以为……

奥吉 是啊……当专注管用的时候，确实是一个非常可
靠的原则。（吸一口气）好吧，祝你好运。

〔帕特仍然无法相信，说不出话来。

再见，阿莫斯。

〔阿莫斯微微点头，麻木地瞪着眼
睛。在门口，奥吉对戴夫说话。

再见。（他开始开门）

戴维 听我说……（赶紧走到奥吉身边，看着他的眼
睛，举起手来，好像要抓住这个人，把他留在
这里）

奥吉 什么？

〔戴维开始说话，然后看着阿莫斯，
阿莫斯依然眼神空洞。戴维回头看
奥吉。

戴维 ……你会在联赛中看到他的。

奥吉 希望如此。我只是不……

戴维 （努力压制怒火）不，你会看到他的。你们不是唯一的球队。你会在联赛中看到他的。

奥吉 （抓住戴维的胳膊）……看开些，孩子。（对其他人）希望你们能原谅我的迟到。

戴维 （轻轻地，像一个回声，他的声音发抖）你会看到他的。

> ［奥吉点点头。瞥了一眼帕特和阿莫斯，打开门走了。帕特和戴维站在那里，看着门口。帕特转身，慢慢走向坐着的阿莫斯。当帕特接近他时，他慢慢地站起来，双拳紧握在身旁。

帕特 （柔和地，真的感到怀疑）他也可能是错的，不是吗？（阿莫斯沉默，脸上充满了仇恨）他就不可能错吗？（没有回答）有可能，不是吗？

阿莫斯 （嘶吼）不，他不可能错！

帕特 但每个人都会犯错……

阿莫斯 （大叫一声，抓住帕特的衣领，猛烈地来回摇晃他）错误！错误！你和你那该死的错误！

戴维 （冲向他们，试图解开他的钳制）放开他！阿莫斯，放开他!

阿莫斯 （在他自己和帕特的哭泣声中，对帕特说）
你这个骗子! 我要杀了你，你这个小骗子，骗子!

　　　　　〔随着新一轮的暴力，他开始将帕
　　　　特向后压倒在地上。古斯进来时，戴维
　　　　用一只胳膊圈住阿莫斯的脖子，把他从
　　　　倒在地上的帕特身上拉开。

　　别管我! 别管我!

　　　　　〔戴维使劲将阿莫斯扔到沙发上，
　　　　站在他身边，举起拳头。

戴维　待着! 别起来! 要打和我打，阿莫斯!

帕特　（急忙站起来，把戴维从沙发处拉开）别，别
打了!（他迅速转身，祈求在沙发上啜泣的阿莫
斯）阿莫斯，孩子，孩子……（阿莫斯躺在沙发
上，猛烈地抽泣，帕特倾身，拍拍他的头）孩
子，孩子……

　　　　　〔阿莫斯盲目地挥出手臂，打在帕
　　　　特的胸口。戴维走向他们，但帕特留在
　　　　阿莫斯身旁，拍着他的背。

好了，孩子，求你了，孩子，别这样，别哭，阿莫斯！听着，阿莫，我会把克利夫兰那边搞定，我自己去，我会带人回来。阿莫，听着，我已经尽力了，人会犯错，不可能料想到一切……（他开始摇晃阿莫斯，阿莫斯还在抽泣）阿莫，别这样！（他站起来，开始在阿莫斯的抽泣声中大喊）我承认，我承认，阿莫，我撒谎，我说得太多，我是个傻瓜，我承认，但看看你是怎么投球的，那有我的功劳，要记我的功劳！（冲向阿莫斯，把他翻过身来）别哭了！全能的上帝，你要我怎么做?！我是个傻瓜，我能做什么?！

戴维 （用力把帕特从沙发处拉开，站在阿莫斯面前）听着，你！（俯身拉住阿莫斯的衣领，让他坐起来。阿莫斯软绵绵地坐着，抽泣着）他犯了一个错误，这已经结束了。你要练习有人跑垒的打法。你拥有整个人生。一个错误不能毁掉一生。他会去克利夫兰，我会送他到纽约……

〔海丝特悄悄地进来。

那人可能是错的。看着我！那人可能是错的，你明白吗?

[阿莫斯摇摇头。

阿莫斯 他是对的。

[戴维放开他，站着低头看他。阿
莫斯慢慢站起来，走到一把椅子旁
坐下。

他是对的。我一直知道我不能打垒。那人说的每句
话都是对的。我很蠢，这就是原因。我什么都搞不
懂。（抬头看帕特）没有时间了，他说，除了投
球，没有时间干别的。让他们笑吧，他说，你不需
要懂。他都懂。他什么都懂！好吧，这一次我倒是
懂了。只要我活着，我就不会再碰棒球！

帕特 （狂乱地）阿莫斯，你不知道你在说什么……！

阿莫斯 我再也不能站在球场上了！我做不到！我知
道！我做不到！（短暂停顿）我不会再让你欺骗我
了。我完了。（他站起来，帕特捂着脸啜泣）

戴维 （阿莫斯不停地摇头，否认一切）你什么意思，
完了？阿莫斯，你不能投降。听我说。别再摇头
了——在这世界上，有谁能心想事成?!

阿莫斯 （突然）你。只有你。

戴维　我！别相信，阿莫斯。（抓住他）别再相信那一套！

阿莫斯　你想要的一切……在你的一生中，每一件……！

戴维　包括我的孩子吗，阿莫？（沉默）我的孩子在哪儿？

海丝特　戴夫……

戴维　（对海丝特）我想告诉他！（对阿莫斯）没有孩子，万事皆空，拥有一切又有何用？你知道你在这世上所做的一切都会成为笑柄吗？你永远不会遇到一个不背负诅咒的人……一个都没有。肖里、J. B.、爸爸、你，还有我。我和其他人一样！

海丝特　别这样，戴维……

戴维　（带着一种可怕的胜利喜悦）不，海丝，我不再害怕它了。我想说出来。我一直担心我在这个世界上很特殊，但这之后就不会了。（对阿莫斯说）没有人可以逃脱，阿莫！但我不会投降，不会因为没有孩子就去死。一个人出生时，至少有一个诅咒落在他头上。我现在看到了，你也得看到。不要羡慕我，阿莫……我们现在是一样的。这个世界就是

这样的，就好像天上有个地方写着一条法律——谁
也逃不掉！（握住阿莫斯的手）

海丝特　（几乎无法抑制眼泪）你为什么这样说？

戴维　海丝，真相……

海丝特　这不是真相！你没有背负诅咒！根本就没有！

戴维　（受打击）什么……？

海丝特　我想等到球探签下他的时候。然后……当家里
充满了吵闹欢呼的时候，我就会和你一起站在楼梯
上，站得比所有人都高，告诉他们，你要有孩子
了。（带着愤怒、失望和悲痛）哦，戴维，我会
看到你那么自豪……

戴维　（纠结而痛苦，冲口而出）哦，海丝，我自豪，
我自豪。

海丝特　不，你不想要它。我不知道你是怎么回事，你
现在不想要它！

戴维　（恐惧的寒意使他呆住）不要这么说！海丝特，
你不能……（戴维试图把她拉到身边）

海丝特　（把他推开）你必须想要它，戴维。你必须想
要它！

　　　　　　　　〔她泪流满面，冲了出去。当戴维

167

发现自己面对阿莫斯，他开始追向海丝特，呼唤她的名字……

阿莫斯 没有人可以逃脱……（戴维停下，转向阿莫斯）……除了你。（他走向门口，越过戴维，走了出去）

幕　落

第三幕

第一场

客厅。次年二月的夜晚。

J. B. 在沙发上睡着了。肖里和古斯在壁炉旁的桌子上默默地打牌，抽烟。窗格上积了雪。衣架上挂着几件大衣。随即……

古斯　打这种牌不用动脑子。我来教你打克拉维希牌吧。

肖里　我打拉米牌和皮纳克尔牌，想赢多少赢多少。玩吧。

古斯　你没有求知欲。

肖里　没有，但你可以给我二十五美分了。（摊牌）

拉米。

[贝尔从楼梯上下来。

古斯　（对贝尔）一切都好吗？

贝尔　（半转过身，抱着毯子）她还是出汗，所有的毯
　　　子都打湿了。可怜的姑娘。

古斯　医生说什么了吗？

贝尔　说了……（思索）他说，下去拿条干燥的毯子。

古斯　我是说，它什么时候会出来？

贝尔　哦，婴儿可说不准。他们是这样的，随时可能
　　　来。有时出乎意料，有时如你所料。（她走到门口
　　　去，又转过身来）戴维为什么不买一辆婴儿车？

古斯　他没买吗？我想他会买的。

贝尔　可是没有婴儿车怎么能生孩子呢？

肖里　你最好擤擤鼻子。

贝尔　我没时间！（她擤了擤鼻子，从舞台前部左侧
　　　出去了）

肖里　二十五美分赌这是个男孩。（把二十五美分扔在
　　　桌上）

古斯　赌就赌。你知道吗，统计数据显示出生的女孩比

男孩多。你该问我赔率的。

肖里 戴夫·比弗斯不需要统计数字，他想要一个男孩。事实如此，让我们加码吧——我出一美元，你出五十美分，我赌他今晚会得到一个男孩。

古斯 从统计学上讲，我接受这个赌注，但从财务上讲，我坚持不赌。

> ［戴维从通到户外的左侧房门进来。他穿着冬天的衣服。很明显，他的身上有一种深切的热情，一种红润健康的满足感。他笑得灿烂。脱下手套的时候，他稍微跺了跺脚，然后又脱下短外套、围巾、帽子，只留下一件毛衣。当他把门关上时……

戴维 楼上怎么样？

古斯 到目前为止，她只是出汗。

戴维 出汗?! 这正常吗？

古斯 听着，她不是在楼上吃冰激凌。

戴维 （走到壁炉前搓手。说到 J. B.，似乎觉得好笑）还没发生什么事，他就待在家里不工作了。整天都在这里。

古斯　有些男人就喜欢度假。对他来说，一个新生的孩子总是一个假日。

戴维　（他环顾四周）真是大惊小怪。

古斯　你非常冷静，让我惊讶。你不觉得紧张吗？

肖里　（对古斯）你看了太多的电影。他来回踱步有什么用？

戴维　（带着愧疚的意味）我有最好的医生，她需要的一切。我认为，不管要发生什么，总归要发生。毕竟，我不能……

　　　　　　　〔中断。不一会儿，贝尔从左侧房门进来，拿着另一块毯子。她向楼梯口走去。戴维终于开口了，他无法抑制。

贝尔　……（她停下来，他走到她身边，压抑着焦虑）

你能不能问问医生……这对她来说会不会很困难，嗯？

贝尔　他让我闭嘴。

戴维　那就去问 J. B. 的太太。

贝尔　她也叫我闭嘴。不过我会问她。

　　　　　　　〔贝尔上了楼梯。戴维看了她一会儿。

戴维 （看着楼上）在这之后，这姑娘会活得像女王一样。（转向他们，用拳头猛击手掌）今年会赚很多钱的。

肖里 除了半小时后的天气，永远不要预测什么。

戴维 这次不一样。我刚刚让水貂完成了交配，我想每只都交配了。

古斯 都完成了？那就好。

〔敲门声响起。戴维走到门前，打开门。帕特进来。他穿着一件厚呢子上衣，戴着一顶羊毛绒线帽，肩上背着一个行李袋。

戴维 哦，你好，爸爸。

帕特 宝宝出来了吗？

戴维 还没有。

帕特 我的火车还有几个小时才开。我想在这儿等。

戴维 来，给我。（他从帕特手中接过行李袋，把它放在角落）

肖里 那么你真的要走了，帕特？

帕特 我找回了以前的工作——在船上当厨师。我想只要稍加学习，也许一年左右就能拿到三级厨师执照。所以……

戴维　你要离开真是太蠢了，爸爸。我就改变不了你的想法吗？

帕特　这样更好，戴维。也许我不在身边，阿莫斯会把握住自己。

〔有人在敲门。

戴维　大概是阿莫斯。

〔他走到门口，打开门。阿莫斯进来，正抽着烟。

你好，阿莫。都锁好了？进来吧。

阿莫斯　我让马达转着。你们好，古斯，肖里。（他没理会帕特，有一个停顿）

古斯　在努力工作？

阿莫斯　（疲惫而苦涩地轻笑）是啊，很辛苦：加油、收银……（给戴维一个小信封和一把钥匙）里面有二十六块。我把点收单也放进去了。

戴维　（好像很想让他参与进来，神情紧张）二十六块！我们今天生意不错。

阿莫斯　一直都这样，不是吗？晚安。（开始离开）

戴维　听着，阿莫。（阿莫斯转身）再过一个月貂皮就可以出产了。我在想，你可能愿意和我一起工作，在这里……这是一个很好的锻炼机会……春天就要来了，你知道。你要保持良好的状态……

阿莫斯　为了什么？

戴维　嗯……也许今年夏天要打球。

阿莫斯　（瞥了一眼帕特）谁说我要打球了？

戴维　（尽可能随意地）你打算怎么安排自己？

阿莫斯　给你加油……每天晚上给你送钱。等着好事发生。（一声苦笑）我的意思是，当他们宣布要在你的加油站旁修建新公路时，我就知道一定会有好事发生在我身上。（笑）我的意思是好事必须发生，戴夫！（现在带了真情实感）宝宝还没出来吗？（戴维摇头，哥哥的苦闷让他不安）超过预产期了，是吗？（抽了一口烟）

戴维　超了一点。

阿莫斯　唔，如果是个男孩……（瞥了帕特一眼，轻蔑地吐出烟圈）不要让他在地窖里投球。

　　　　　　〔他对戴维使个眼色，出去了。过了一会儿，戴维走到帕特面前。

戴维 你为什么一定要走，爸爸？和我一起在这儿工作吧，我有很多东西和大家分享，我不需要全部。

帕特 往那荣耀的肺里吸入香烟。我不忍心看他用那种方式破坏我的工作。

肖里 （在壁炉边）来吧，帕特，打皮纳克尔牌。

戴维 （把古斯招呼到右边）嗨，古斯，我想和你谈谈。

帕特 （去肖里那边，不像从前那么确信地说）壁炉的热气会毁了动脉。

〔帕特接替古斯，古斯走到右边。

肖里 （洗牌）那你就可以死得暖暖和和的了。坐下吧。（他发牌）

〔戴维和古斯在右边。J. B. 继续睡觉。牌局开始。

戴维 我想让你为我做件事，古斯。再过三十多天，那些笼子里的每只母貂就能生四到五只水貂。四比一。

古斯 好了，鸡还没孵出来就别数……

戴维 不，这事我很确定。我想把汽修店抵押出去。在你回答之前……我不是那种送了东西又讨回来的人。我把店铺的百分之六十签字转让给了你，因为你值得——我过去不想要不属于我的东西，现在也不想要。我只要你签字，这样我就能用店铺去借钱。我大概需要两千五百块。

古斯　我可以问为什么吗？

戴维　当然，我想再买一些种貂。

古斯　哦。那么，为什么不用你手里的钱呢？

戴维　坦白说，古斯……（自信地笑）……我没有别的钱了。

古斯　啊，继续，别跟我开玩笑……

戴维　不，这是事实。我这儿的水貂几乎和丹·迪布尔的一样多了。这要花大钱。你怎么想？

　　　〔此时帕特和肖里抬起头来，一边听一边打牌。

古斯　（思考了一会儿）为什么你要选择用汽修店做抵押？用加油站、采石场或农场抵押，你都可以得到两千五百块……（短暂停顿）

戴维　我做了。我把所有东西都抵押了。除了汽修店之外的一切。

古斯　（震惊）戴夫，我不相信！

戴维　（指着右边的窗户外）瞧瞧那儿的牲畜。我有了一个大牧场。你不会以为我有足够的现金买那么多吧？

古斯 （站起来，试图摆脱不安）可是，戴夫，这是
水貂。谁知道它们会发生什么。我不明白你怎么能
把你拥有的一切都拿出来，把它投入……

戴维 四比一，古斯。如果价格继续上涨，我今年能赚
六万块。

古斯 可你怎么能确定，你不能……

戴维 我确定。

古斯 可你怎么能……？

戴维 （现在更紧张了，想结束这个话题）我确定。
难道这不可能吗？不能确定？

古斯 能，但是为什么？（停顿）你为什么确定？

J. B. （突然在沙发上大叫）好，好……！（他坐起
来，揉搓自己）你打算在这房子里安装的暖气片
呢？（他站起来，走到壁炉旁，冻僵了）这房间
就像个挂着肉的冷库。

戴维 （对 J. B.）你一直挂着肉呢。

古斯 我不知道该怎么回答你。我在店里努力工作……
我……（他的理性被打破）你站在那里，似乎没
意识到，如果那些水貂死了，你就会彻底垮台，现

178

在你还想要更多!

戴维 我说过它们不会死的!

J. B. （对帕特和肖里）谁会死? 他们在说什么呢?

戴维 没什么。（他看向窗外。J. B. 看着他，神情迷惑）

帕特 我想如果你跟他说说，肖里，阿莫斯就会抽烟斗，而不是抽那些香烟。

J. B. 戴夫，你需要一辆婴儿车。

戴维 （半转身）嗯? ……对，当然。

J. B. 我想你是忘了问我，所以我为你订购了一辆婴儿车。

　　　　　　〔戴维转回头看窗外，此时……其实，它就在店里。（带着极大的热情）珠光灰色! 还有漂亮的软橡胶轮胎……孩子，我喜欢看到孩子……

戴维 （转过身来，阻止他）好了，你能不能不说话了?

　　　　　　〔J. B. 很震惊。过一会儿，他转身走到衣架前，开始穿上外套。戴维迅速走向他。

约翰，你干什么?!（他抓住 J. B. 的胳膊）

J. B.　你让我心慌，戴夫! 你让我心慌! 一个要当爹的人，他有特定的行为方式，老天在上，我希望他能照那样做。

肖里　又一个电影迷! 他为什么要担心他不能改变的事?

戴维　我有一百万件事情要操心，约翰。我想问你。

J. B.　什么?

戴维　（把 J. B. 的外套挂起来）我想买一辆新的别克车，也许你能帮我跟你在伯利认识的那个经销商压压价。一个月后我要带海丝特去加利福尼亚。坐下吧。

J. B.　（突然指着他）这就是让我心慌的地方! 你似乎没有意识到正在发生什么。你不能把一个月大的婴儿放在车里带去加利福尼亚。

戴维　（茫然震惊的表情）呃，我是说……

J. B.　（笑，对这个明显的事实感到宽慰，拍拍他的背）你的问题在于，你没有意识到她不是因为吞下一颗橄榄，肚子才肿起来的!（古斯和他笑了，戴维也想笑）你是个爸爸，小伙子! 你是他要叫爸爸的人!

> 〔楼上传来一阵凌乱的脚步声。戴
> 维迅速走到楼梯口。贝尔急忙跑下来。
> 她吸着鼻子,抽泣着。

戴维 发生什么事了?

> 〔贝尔亲切地摸了摸他的肩膀,却
> 擦身而过,走到壁炉边,捡起一块羊毛
> 毯子。

(戴维继续向她走去)发生什么事了?贝尔!

贝尔 (站在木柴旁边)她在生了,她在生了。(她匆
忙走向楼梯口,戴维跟在她后面)

戴维 医生怎么说?贝尔!她怎么样了?(他抓住她的
胳膊)

贝尔 我不知道。她那次不该摔跤的。她不该摔跤的,
戴维。哦,亲爱的……

> 〔她突然抽泣起来,冲上楼去。戴
> 维站在那里,向楼上张望,而古斯正盯
> 着戴维。过了好一会儿……

古斯 (悄悄地)海丝特摔倒过?

戴维 （呆了一瞬后，慢慢转向他）什么？

古斯 海丝特摔过跤？

戴维 是的，前一段时间。

古斯 你让她去看医生了？

戴维 是的。

古斯 他告诉你孩子可能会死？（停顿）

戴维 你在说什么？

古斯 （声音颤抖）我想你知道我在说什么。

> ［戴维说不出话。他走向一把椅子，坐在扶手上，似乎要装作若无其事，结果却是可怕的尴尬。他总是瞥向古斯，莫名其妙地站起来，用一种破碎的、不受控制的声音说……

戴维 你在说什么？

古斯 我明白为什么你对水貂这么有信心了。但我不会将汽修店签字抵押。我不把赌注押在死去的孩子身上。

> ［戴维被他揭露的真相吓坏了。他僵硬地站着，双拳紧握。他可能会坐下

来，或者向古斯扑过去，或者哭泣。

J. B. 他不可能想到那样的事。他……

〔他看向戴维，寻求支援，但戴维
正痛苦地站在那里，沉默不语，自责不
已。J. B. 走到戴维面前。

戴夫，你不会想要那样的事发生。（他摇了摇他）
戴夫！

戴维 （瞪着古斯）我想割开我的喉咙！

〔他从 J. B. 身边走到舞台前部，看
着古斯。他的行动飘忽、不安，就像陷
入了一个奇怪的死胡同。古斯沉默
不语。

你为什么那样看我？（瞥了 J. B. 一眼，然后慢慢
转向古斯）你为什么那样看我？我只是在告诉你
发生了什么。人必须面对事实，不是吗？我听见门
外有动静，我开了门……她就躺在台阶上。事实就
是事实，不是吗？（他们没有回答。他冲口而出）
好吧，看在上帝的分上，如果你……！

古斯 （怒斥）什么事实！她摔倒了！所以孩子死了是

因为她摔倒了？这是事实吗?!

戴维　（远离古斯的方向，高度紧张）我没有说死了。

　　　它不一定要死了才……才……（中断）

古斯　才什么？

　　　　　　　　　　　　　　　　　　　［停顿。

戴维　才是对我们的诅咒。它可能生下来有问题……摔

　　　跤有可能造成那种结果。医生告诉我的。（古斯看

　　　起来不服气）你的问题在于，你认为有一个特别

　　　的天使在守护我。

肖里　（指着古斯）那次他说过，兄弟！

古斯　（也对肖里）需要一个特别的天使，才能生一个

　　　活的孩子？

戴维　（愤怒地）谁说他会死?!

古斯　你激动什么？（抓住他的胳膊）放轻松，坐

　　　下……

戴维　（放开他的目标）别逗我了，好吗？丹·迪布尔

　　　今晚会把我新买的水貂带来。我把所有的文件都准

　　　备好了……（走到一个抽屉边，取出文件）你要

　　　做的就是签字和……

古斯 （突然他冲到戴维面前，从他手里扯过文件，
　　　扔在地上）你疯了吗！（他把戴维吓得一动不动）
　　　楼上没有灾难，天上没有你的水貂担保。（他祈求
　　　地抓住戴维的胳膊）戴夫……

戴维 如果你再这么说，我就把你赶出这房子！

J. B. （紧张地）哦，好了，好了。

　　　　　　　〔从上面传来一声痛苦的尖叫。戴
　　　　　　　维愣住了。古斯抬起头来。

古斯 （对戴维）别再说那些话了。

　　　　　　　〔戴维把双手插进口袋里，仿佛手
　　　　　　　也会暴露他。在极度紧张之下，他试图
　　　　　　　通情达理地说话。他的声音偶尔会上
　　　　　　　扬，他清了清嗓子。古斯的目光从未离
　　　　　　　开过他。戴维不情愿地从 J. B. 身边
　　　　　　　走开。

戴维 我是个幸运的人，约翰。我所得到的一切都来
　　　得……出乎意料。这没有什么好生气的。这是事
　　　实。当我无法拥有海丝特，除非福克老头让路时，
　　　他就被撞死了，就好像专门为了我一样。当我修不

好马蒙车时……有人半夜走了进来……为我修好了它。我买了一个不起眼的小加油站……他们就在门前修了一条公路。真幸运。你得为此付出代价。

肖里　没错，你要付出代价。

古斯　哪里有这样的法律？

戴维　我不知道。（静默，他走到窗前）在我听说过的所有人中，我是唯一没有付出代价的。嗯……我想假期已经结束了。（转身向楼上走去，带着巨大的悲哀）我想我们差不多该加入你们了。等我把貂皮卖出去，我就有差不多六万块了……但那不是我不付出代价就能得到的钱。所以我才把一切都押在水貂身上。这就是我确信的原因。因为从现在开始，我们已经付出代价了。在她倒下时，我看到白纸黑字，清清楚楚。（心碎的语气）上帝帮助我，我们已经付出代价了。我不害怕我的运气了，我要发挥它的一切价值。

古斯　戴维，你让我心碎。这个想法来自欧洲，来自亚洲，来自那些腐朽的地方，而不是美国。

戴维　不是？

古斯　在这里，你不是地球上的一条虫子，一只虱子；

在这里，你是一个人。在这里，一个人应该得到
一切！

肖里　从什么时候开始的？

古斯　（激烈地对肖里说）有史以来！

肖里　那我一定是生在史前。

古斯　（愤怒地）请原谅，他不是你，算我求你，不要
再试图把他变成你。

戴维　他没有把我变成任何人。

古斯　我可以告诉你，如果他不这么做，他就不会高
兴！（指着肖里）这种人从来都是这样。

肖里　哪种人？

古斯　你这种人！只要他愿意，他的生活可以很灿烂。

肖里　除非墙被炸毁。

古斯　如果他不去寻花问柳，他的墙就不会被炸毁。
（轻轻地）请原谅，我不是针对你。

J. B.　（走向戴维）我会借给你买水貂的钱，戴夫。

古斯　你疯了吗？

J. B.　我明白他的意思，古斯。（看着戴维）只有了不
起的人才能这样做准备。人确实得付出代价。天道
如此，毫无道理。

〔他看了看楼上，又看了看戴维。

是真的。它总是毫无道理地发生。

J. B.　我支持你，戴维。

戴维　我想今晚给他钱，如果可以的话……

〔当贝尔出现，慢慢下楼时，他们都转身抬头看。他们没有听见她的声音，直到她走下一段楼梯。她像往常一样睁大眼睛，神情迷惑，不过此时她很紧张，下楼时看着戴维。她半是抽鼻子，半是捂着手帕啜泣。她在楼梯上停下来。戴维站起来。她又笑又哭，处于一种无声的狂喜中，然后无力地示意他上楼。他疑惑地朝她走来，来到楼梯口。

贝尔　去……上去吧。

戴维　什么，什么……？

贝尔　（突然大叫起来，冲下来，双臂抱住他）哦，戴维，戴维。

戴维　（挣脱她，在她面前咆哮）发生什么事了？（他的声音带着悲痛的哽咽，他抓住她）贝尔！

      [婴儿的哭声突然从上面传来。这个声音几乎把戴维从楼梯上抛回去。他一动不动地站着，僵硬如磐石，抬眼上看，张口结舌。

贝尔 （仍然哽咽）是个男孩。一个完美的男宝宝！

      [此时她放声啜泣，冲上楼梯。瞬间一切都静止了，戴维什么也看不见。哭声再次响起。他再次向上看，好像要消化这件事。J. B. 走到他身边，伸出手。

J. B. （满怀喜悦，严肃地）戴夫。

 [戴维呆呆地握着他的手，脸上挂着虚弱的微笑。

 一个男孩，男孩，戴夫！正如你所愿！

      [戴维发出一声奇怪的短促笑声，然后是一声较为自如但仍然紧张的笑声。帕特走到他身边，和他握手。

帕特 戴夫，新的一代！

古斯 （面带微笑）怎么样？你看到了吧？（笑）好人

有好报。（快活地打戴维）醒醒吧！好运！

      [古斯扔了个二十五美分的硬币给肖里。

古斯　这是我认识你以来你第一次说对了。

J. B.　回回神。去看看他吧，戴夫。

      [戴维冲了出去。他们惊讶地站了一会儿。

你们觉得他是怎么了？

古斯　他还能有什么事呢？……他很羞愧。

      [古斯匆匆走出门去。其他人保持

    沉默。然后他们一个接一个地往楼上

    看，那里传来宝宝的哭声。

缓缓落幕

第二场

幕启之前，传来雷声。

一个月后。客厅。夜晚。

房间里空荡荡的，一片漆黑。一道闪电

透过窗户照亮了房间，然后重归黑暗。此时，
通往户外的门打开了，海丝特进来。她非常
紧张，但她的动作很细致，仿佛全神贯注，
完全忘记了周围的环境。她没有脱下外套和
套鞋，就来到房间的中央，站在那里，眼神
茫然。然后她走到一扇窗前，向外看去。一
道闪电使她从窗前退后一步，她不再犹豫，
走到电话旁，打开了旁边的灯。

海丝特　（她边等边看窗外）喂？古斯？你去哪儿了，
我已经给你打了一小时电话。（她听）好吧，你能
过来一下吗？我是说，现在。不会打扰，古斯，我
想和你谈谈。他在外面。古斯，你得过来——他的
水貂要死了。（她不停地瞥向窗户）他还不知道，
但他随时可能看到。丹·迪布尔之前打过电话……
他的水貂已经死了三十多只……他们用一样的
鱼……我希望等他察觉时，你在这里。（她突然向
门那边转身）他要进来了。你现在赶紧过来……
求你了！

　　　　　〔她挂了电话，开始往门口走去，

但好像是为了调整情绪，她停下来，开
始走向一把椅子，这时她意识到自己还
穿着外套和套鞋。她正在踢掉套鞋时，
戴维进来了。他抬头看了看她，又向楼
上瞥了一眼……

戴维 一切都好吗？

海丝特 为什么这么问？

戴维 我以为我听到了呼喊或是尖叫。

海丝特 没，没有尖叫。

戴维 我猜是闪电的缘故。他还好吗？（说的是孩子）

海丝特 那儿没有门，你可以上去看看。

戴维 我双手血淋淋的，怎么能去看他呢？（她转过身
去，他开始往门口走）

海丝特 我以为你已经喂完了。

戴维 喂完了。我只是在磨一些明天吃的。

海丝特 它们还好吗？

戴维 我从没见过它们这么紧张。我想是冰雹打在笼子
上的缘故。（当他无声地请求离开时，有一个短
暂的停顿）我只是想知道他好不好。（他走了一

步）

海丝特 （突然）别再出去了，戴维。求你了。你跟我
　　　说过，在它们下崽的时候，应该让它们自己待着。

戴维　我必须去，海丝，我必须去。我……（他走到
　　　她身边）我向你保证，等它们下完崽，我们会离
　　　开，我们会去旅行……我要让你像女王一样生活。

海丝特　别出去。

戴维　我马上就回来……

海丝特　（抓住他的胳膊）我不希望它们这么重要，
　　　戴维！

戴维　但我们的一切都押在它们身上。你知道的。

海丝特　我不怕穷……

戴维　那是因为你从来没有穷过——你也永远不会穷。
　　　你将会活得像个……

海丝特　你为什么一直这么说？我不想，我不需要！我
　　　不关心外面发生什么！我也不想你去关心。你听到
　　　我说的了吗，我不想让你去关心！

　　　　　　　〔突然一道闪电穿过窗户。戴维一
　　　　　惊，然后急忙跑到门口。

海丝特　（此时很害怕）戴维！（戴维停下，没有转

193

身）你没法阻止闪电，对吗？（他还是没有转身，

　　她走近他，祈求道）我知道你工作有多辛苦，但

　　第一年徒劳无功，在这世上也不少见。事情就是这

　　样，不是吗？

戴维　（他慢慢转向她，此时他的情感似乎淹没了

　　他）要是一个人不犯任何错误，就不会徒劳无功。

　　我让它们整年都活着，甚至没有一只生病。我没有

　　犯过错。而现在这场风暴来了，就在我需要平静的

　　时候，就在今晚……

海丝特　你说得好像除了这里，其他地方都是阳光灿

　　烂，好像天上打雷就是为了击倒你。

戴维　（他久久地看着她，仿佛她已经融入他）是的，

　　我就是这样说话的。（他看起来快哭了）忍耐一下

　　吧，海丝——就一小会儿。（他要走了）

海丝特　戴维……这栋房子灰蒙蒙的。好像旧油漆又爬

　　上了墙。我们什么时候才能再坐下来谈谈？你什么

　　时候会抱抱孩子……？

戴维　（醒过神来）我抱过，海丝……

海丝特　你从来没有抱过。那是为什么呢？

戴维　你不在家的时候……

海丝特　从来没有，从他出生后就没有。你就不能告诉我为什么吗？（戴维转身开门，恐惧使她提高了声音）你不能告诉我为什么吗？（他动身）戴维，告诉我为什么！（他出去了，她对门外喊）戴维，我不明白！回来！

　　　　　　　［过一会儿，她关上门走开。她的手轻轻地扣住喉咙。她在房间里停了下来，此时她打开一盏灯。她突然听到身后有什么声音，转过身来，朝门口走了一步，这时古斯悄悄进来。

海丝特　（松了一口气）哦，古斯！

古斯　（朝门外看了一眼）他马上就会回来吗？

海丝特　他进进出出的，我不知道。今晚你会待在这里，是吗？

古斯　先坐下来吧。

　　　　　　　［当他把她带到沙发上时，她几乎要哭了。

海丝特　我一直在给你打电话。

古斯　（脱下外套）现在控制住你自己，在他发现之前，没什么要做的。对不起，我整个下午都在伯

利，我刚回到家。迪布尔跟你说了什么？（他回到她身边）

海丝特　只是说他的水貂在减少，他认为是饲料里的蚕的缘故。他们共用那一车饲料。

古斯　啊。戴维没有注意到什么吗？（脑袋向外比了一下）

海丝特　他只是说它们很紧张，但那是因为闪电。它们需要时间消化。

古斯　那好吧，我们就等着看吧。（他走到窗前，看着窗外）这场暴风雨会把桥冲垮。太可怕了。

海丝特　我该怎么办，古斯？他一整年都扑在那些水貂上。

古斯　我们会做我们必须做的，海丝特，就是这样。（他转向她，拿出一个信封）其实，我今晚本来就是要过来的……来道别。

海丝特　道别！

古斯　我在信里解释了。（他把信封放在壁炉架上）我走后，把信交给他。我不能再和他争吵了。

海丝特　你是说你要搬走？

古斯　我要去芝加哥了。那里有一个很好的职位，是我在这里赚的双倍。

海丝特　但你为什么要走?

古斯　我告诉你了，我可以赚双倍……

海丝特　（站起来）别把我当小孩，你为什么要走?

（短暂停顿）

古斯　嗯……其实，我很孤独。（微微一笑）这里有很
多姑娘，但没有妻子，海丝特。对于一个要自己洗
内衣的男人来说，三十七年很漫长。

海丝特　（动容）你和你的红发姑娘!

古斯　我一直是个浪漫的人。你知道的，不是吗?确实
如此。

海丝特　但是放弃事业，四处浪荡，就为了……?

古斯　为什么不呢?是什么让我放弃底特律来到这里?

海斯特　真的吗，古斯?

古斯　当然。搬家对我来说是非常必要的。（停顿）我
明天晚上就走。

海丝特　但为什么?我想我应该理解，但我不理解。
（暂停，古斯直视她）这说不通。　（坚持地）
古斯?

古斯　（停顿，他久久地盯着她看）因为我没有勇气

待在这里。（停顿）我今天和伯利的一位医生谈了谈。我相信戴维……可能正在失去理智。

> ［她没有反应。她站在那里，呆呆瞪着他。他等待。她无声地后退几步，然后来到舞台前部，轻轻地把双手放在沙发上，目光始终没有离开他。停顿。仿佛又听到了他说的话，她不得不再次走动，来到一把椅子旁边，她把一只手放在椅背上，现在面对他了。他们就这样站了一会儿。

我以为你肯定知道。或者至少你会很快知道。（她没有回答）你知道吗？

海丝特 有时我几乎也是这么想的……但我不相信他会……

古斯 （既然她已经接受了打击，他转而直言不讳）整个月我都在试图开导他，但我已经无计可施了，海丝特。我……我想带他去伯利看医生。

海丝特 （震惊）伯利！

古斯 今晚就去。在那里他们会知道该对他说什么。

海丝特　不，他不会去的。

古斯　这不是什么丢人的事。你说这话像个傻女人。

海丝特　他不会去那儿的！他没有什么问题。他只是担心，就这样……

古斯　当那些动物开始死亡的时候，他就会更担心了。没有比这更糟糕的事了……

海丝特　不，如果他能承受今晚的打击，他就会没事的。我认为它们死了更好。

古斯　看在上帝的分上，不！

海丝特　他一生都在等待这一刻。整整一生，等待，等待事情的发生。现在一切都将结束，全部结束，你不明白吗？今晚就待在这里。当事情发生时，你会和他谈谈……

古斯　他失去的东西，我没法装回去，海丝特。他不是一台机器。

海丝特　（停止走动）他失去了什么？你什么意思，失去？

古斯　一个人必须拥有的东西，一个人必须相信的东西。那就是在这个地球上，他是自己生命的主人。不是靠占卜杯子里的茶叶，不是靠看星星。在欧洲，我已经看到几百万个戴维四处游荡，几百万。他们已经不再相信自己能说了算。他们不再相信自己值得拥有这个世界。现在这里也是，有这么好的土地，有这么……这么辽阔的天空，而他们在说……我每天都听到这样的说法……说一个人拥有甜蜜的生活和美好的事物是不自然的。他们每天都在等待灾难的发生。一个人必须理解，上帝存在于他的双手之中。当他不理解的时候，他就会陷入困境。戴维陷入了困境，海丝特。你明白为什么他把一切都押在水貂上吗？

海丝特 （睁大眼睛）是孩子，对吧。他以为它是要……

古斯 死的，对。说吧，现在说出来。那晚我就在这里。他一直很想有个儿子，所以他才设想他死了。他最想要的东西，他却不能拥有。最终这将是他的灾难。然后，他的一切都将得到保证。这就是为什么他把一切都押在那些动物身上。

海丝特 古斯……

古斯 这个健康的婴儿从戴维那里偷走了他的灾难，海丝特。他完好无缺地出生了，而戴维却把他的每一分钱都用在动物身上，而它们可能一下子死掉，就像这样……（打响指）灾难还在路上。

海丝特　（明白了原因）他从来没有碰过宝宝……

古斯　他怎么能碰他呢？他无地自容，海丝特。因为他背叛了他的儿子，他也背叛了你。而现在，如果那些动物死了，他就会看向头脑中的茶叶，看向天空，他会看向他一直看的地方，如果他在那里看到报应……你就不会再说他杞人忧天了。在他察觉笼子里出问题之前，让我带他去伯利。

海丝特　不，他是戴维，他不是什么……

古斯　他们会知道该怎么做的！

海丝特　我知道该怎么做！（她走开，面对他）我本来可以警告他……丹在他开始喂食之前就打过电话。

古斯　（震惊而愤怒）海丝特！

海丝特　我想让它们死！我想让它们现在就死，那些漂亮的耗子！

古斯　你怎么能这么做！

海丝特　他必须要输。一劳永逸，他必须要输。我一直知道这事必须发生，现在就让它发生吧，在宝宝能看见和理解之前。你不用把他带到任何地方。他会重新快活起来的。这一切都要结束了，他会快活的！

古斯 （不情愿地）海丝特。

海丝特 不，我现在不害怕了。现在一切都要结束了。

古斯 什么会结束，海丝特？他上周买了一份保险。大额保险。（海丝特停住）涵盖了他的生命。

海丝特 不，古斯。

古斯 什么会结束？

海丝特 （大叫一声）不，古斯！（开始抽泣）

古斯 （抓住她的两条胳膊）现在控制住，控制！

海丝特 （抽泣着，消极地摇头）戴维，戴维……他一直那么好，他是怎么了……

古斯 不能让他看到你这个样子……！最糟的就是……

海丝特 （试图挣脱古斯出门去）戴维，戴维……！

古斯 别去，海丝特！他已经够羞愧的了！

〔他用手捧着她的脸，这时门突然开了，戴维站在那儿。古斯放开她。他们分开站立。戴维惊讶地停止了动作。他看着她，然后看着古斯，再看着她。

戴维向她走去。

戴维 （惊讶而担心）海丝。怎么了？

海丝特 没什么……外面情况怎么样？

戴维 还在下冰雹……（停下，带着自责的意味）你刚才为什么在哭？

海丝特 （她的声音仍然带哭腔）我没在哭。

戴维 （感觉到尴尬，瞥了两人一眼，对古斯说）你为什么抱着她？

海丝特 （试图笑着说）他没有抱我。他决定去芝加哥，然后……

戴维 （感到困惑，对古斯）芝加哥！为什么……？

海丝特 （努力笑）他想要找老婆！想不到吧？

戴维 （对古斯）怎么突然你……？

海丝特 （解开他的外套扣子，快要哭了，又努力显得高兴）让我们喝杯茶，坐到深夜，一起聊天！别再出去了，戴维……从现在开始，我不会再让你离开我的视线……有这么多有意思的事可以聊！

　　　　〔她拿着他的外套，故作活泼地走到一边。

戴维 （深深担忧，打消她的企图）你刚刚为什么在哭，海丝特？

> ［电话响了。海丝特听到声音就跳
> 了起来。她快速冲向电话，但戴维离电
> 话很近，他轻松地接了起来，对她的紧
> 张急切略感疑惑。

海丝特 可能是埃莉的电话。我答应明天借给她一顶
帽子。

戴维 （疑惑地看着她，他拿起听筒）喂？

> ［海丝特说着话从他身边走开，此
> 时她很害怕。古斯本能地改变了位置，
> 仿佛是为了获得身体上的优势。

迪布尔先生？不，他不在这儿；我不知道他要来。
哦！好吧，他还没来。到底是怎么回事？（倾听）
你在说什么，我控制住什么了？（倾听，此时带着
恐惧）当然，我已经喂了！你为什么不给我打电
话，你知道我在这之前就已经喂过了！去你妈的，
你知道我用的是和他一样的饲料！（咆哮）别跟我
说他给我打过电话！别……！（倾听）他什么时
候打的？

〔说话中断，他听着。他转过身来，
听着，面对海丝特；慢慢地，一种令人
恐惧的困惑而惊愕的表情攫住了他的
脸。他的眼睛一直盯着海丝特。

嗯，它们现在看起来没事……也许还没来得及消
化。（仍然对着电话）是……是……好吧，我
等他。

〔他无力地挂断了电话。他久久地
看着她。然后他看了看古斯，又看了看
她，好像他们之间有某种联系。

什么……为什么……你没告诉我他打过电话？

海丝特　（突然不敢太靠近他，她伸出一只手去碰
他，把他挡开……她和他隔着一段距离）戴
维……

戴维　你为什么不阻止我喂食？

古斯　丹会来这里。也许他能做点什么。

戴维　（面对海丝特）他能做什么？饲料出了问题！他
不能把饲料从它们肚子里抠出来！（涌起悲伤，对
海丝特）你为什么不告诉我？（海丝特退后几英

寸）你为什么要离开我？（他突然伸手抓住她的胳膊）你想要它们去死！

海丝特 （在他的控制下挣扎）你总是说有些事情必须发生。这样更好，不是吗？

戴维 更好？我的孩子是个穷光蛋，我们一败涂地，怎么会更好?!

海丝特 （恐惧使她勇敢）那么我……我想我得走了，戴维。那我就不能留在这里了。

　　　　　　［她向楼梯走去。他让她走了几步，然后走到她对面。她停下来，面对他。

戴维 你不能……你说什么？

海丝特 我不能和你一起生活，戴维。有了孩子，我不能。

戴维 不，海丝特……

海丝特 我不想让他看到你这个样子。这是有害的。我要走了。

戴维 （他喘着气，仿佛要哭出来。他看向古斯，瞪着他，然后又看向她。难以置信地）你要和他一起走？

海丝特 （她突然惊恐地看了一眼古斯）哦，不，不，我不是那个意思。他本来就要走的。

戴维 （现在对他来说更真实了）你要和他一起走。

海丝特 不，戴维，我不会和任何人一起走……

戴维 （确定无疑，突然怒火中烧）你要和他一起走！

海丝特 不，戴维……！

戴维 （对古斯）是你让她不要告诉我！

海丝特 丹打电话的时候他根本不在这里！

戴维 我怎么知道他在哪里！（对古斯）你以为我是个瞎子吗？

海丝特 你说话像个傻瓜！

戴维 你不可能对我做这种事！他想要你！

〔他开始大步向古斯走去。海丝特挡在他面前。

海丝特 是我做的！（抓着他的外套）戴维，我自己做的！

戴维 不，你不可能做的！不是你！（对古斯）你认为我已经崩溃了？你想要她……？

〔他开始把她推到一边，撞翻了一把椅子，他去攻击古斯。她在他脸上狠狠地打了一巴掌。他停止了动作。

海丝特 （带着厌恶和心碎）是我做的！

> ［一瞬间，他们都静止了，她留心他的反应。他轻声啜泣，悲痛地看着她。

海丝特 戴维，我希望你像以前一样——一个好人，能够做任何事。你一直是个好人，为什么你不明白呢？

戴维 一个好人！你接了一个电话，你所拥有的一切都化为乌有！一个男人！男人有什么用！

海丝特 你可以重新开始，从头再来！

戴维 为了什么！为了什么！！这个世界是个疯人院，在疯人院里你能建造什么，你一转身就被推倒！

海丝特 是你造就了这一切，也是你破坏了这一切！我要走了，戴维……（抽泣）我再也受不了了。（她冲向楼梯口）

戴维 （叫了一声，又哽咽住）*海丝特……*

> ［海丝特停下脚步，看着他。他向她举起双手，边发抖边哭泣，情绪失控地向楼梯口走去。

我爱你……我爱你……不要……不要……不要。

〔他走到她身边，抽泣，迷茫，开
始把她拉向他身边，这时，左边的门打
开了。丹·迪布尔冲进来，看到戴维
时，他停了下来。他背着一个小背包。

迪布尔 （指着舞台前部右侧）我一直在外面找你，你
在这里做什么？我有东西可以救它们。来吧。（他
开始向门口走去）

戴维 我不想看到它们，丹。（他朝一把椅子走去）

迪布尔 你没法确定，可能需要……（打开门）

戴维 不，我确定它们消化了，已经两个多小时了。

迪布尔 （突然停在门口）两个多小时什么？

戴维 我喂好它们后。

迪布尔 你没有给它们喂今天早上的鱼？

戴维 我还能喂它们什么？我和你分的那批货，妈的。

迪布尔 你不可能喂了，戴维。它们还没有任何症状，
而那种蚕会在二十分钟内杀死它们。你一定是……

戴维 蚕……但我的鱼里没有虫子……

迪布尔 它们看起来不像虫子，非常小，你不会注意到

它们，是黑色的，大小差不多像……

戴维 罂粟籽……

迪布尔 一粒磨碎的胡椒，对。来吧……（但戴维一
　　动不动，瞪着眼睛……）嗯？你想让我看看它
　　们吗？

　　　　　　　　　　　　〔戴维慢慢坐到椅子上。

古斯 至少看一眼吧，戴夫。（短暂停顿）

戴维 （惊奇地，但也带有道歉的意味）……我看到
　　它们了，丹。我不知道它们是什么，但我决定不冒
　　任何风险，所以我把它们扔掉了。

迪布尔 （发怒）但你不可能把每条鱼都检查一遍！

戴维 呃，我……对，我检查了，丹。大部分都没问
　　题，但有黑斑的那些我扔掉了。

海丝特 戴维！——你救了它们。

戴维 你告诉过我要仔细观察饲料，丹——我想你会像
　　我一样注意到它们的。

迪布尔 但你知道没有人有时间检查他妈的每条鱼！

戴维 但我以为每个人都会这样做！——我发誓，丹！

迪布尔 全能的上帝啊，戴夫，按一般人的想法，如果
　　你看到了蚕，你会警告他的！——你至少可以给我

打个电话。

戴维　我当时正要打，我手里拿着电话——可是由我来
　　　教你做事，这似乎很荒谬。听着，让我给你一些我
　　　的种貂，你好重新开始。

迪布尔　不，不……

戴维　求你了，丹，出去随便挑你喜欢的吧。

迪布尔　……唔，我可能会考虑一下，但我太老了，没
　　　法重新开始了，我不认为我可以振作起来。好啦，
　　　晚安。

　　　　　　　　　　　　　　　　　　　　［迪布尔下场。

　［古斯和海丝特站在一旁，看着困惑而震惊的戴维。

戴维　我不敢相信。他是这个行业里最好的。

古斯　不再是了。

海丝特　这不是虚无缥缈的东西，亲爱的。这只是因为
　　　你。你现在一定明白了，不是吗？

　　　　　　　　　　　　　　　　［孩子的哭声从上面传来。

我最好上楼，他饿了。上来吗？——你为什么不上
来，戴夫？

戴维　（尴尬地）我会的……马上。（海丝特下场。他
　　　脸色凝重）但他们并不都有自己的运气！——

J. B. 酗酒，肖里和他的妓女，爸爸和阿莫斯······
还有你失去了你的店铺。（抓住这点）如果不是你
像天使一样走进来，我是不可能修好那辆马蒙车
的！——修好那辆马蒙不是因为我！

古斯　你会把它拖到牛顿市，没有我，也会在那里修好
它。（抓住戴维的手）但这真是问题所在吗？当
然，坏事一定会发生。你无法决定上帝什么时候丢
下另一只靴子，但你是躺在那里，还是再次起
身——这部分完全取决于你，这是肯定的。

戴维　你也不明白，是吧。

古斯　不明白，但我接受它。我只知道你是个好人，但
你也有运气。所以你必须默默忍受——你是幸
运的！

戴维　暂时是这样。

古斯　听着——"暂时"占了"永远"的一大块。

海丝特　（从楼上）戴夫？你要上来吗？

古斯　去吧，去亲亲小家伙。

戴维　我手里拿着电话想打给他。然后我把电话放下
了。当时他的整个牧场就在我手里。

古斯　你的意思是，你有点像上帝······对他来说。

戴维　是的。只是我不知道。

古斯　（大拇指指向天堂）也许他也不知道。

海丝特　（从楼上）戴维？你在吗？

古斯　晚安，戴维。

戴维　（向古斯挥手告别，向楼上喊）我在这儿!

　　　　　　　〔他走向楼梯。一声雷击。他迅速

　　　　　转向窗户，脸上露出以往的忧虑。

……（对自己说）暂时。

（他的声音和身体都透出一种自我激励的决心）

我来了!

　　　　　　　〔当他登上楼梯时，远处传来隆隆的雷声。

Arthur Miller
THE MAN WHO HAD ALL THE LUCK

图字：09‑2021‑902 号

图书在版编目(CIP)数据

　　吉星高照的男人/(美) 阿瑟·米勒
(Arthur Miller) 著；陈恬译. —上海：上海译文出
版社，2023.7
　　(阿瑟·米勒作品系列)
　　书名原文：The Man Who Had All the Luck
　　ISBN 978‑7‑5327‑9264‑1

　　Ⅰ.①吉…　Ⅱ.①阿…②陈…　Ⅲ.①话剧—剧本—
美国—现代　Ⅳ.①I712.35

　　中国国家版本馆 CIP 数据核字(2023)第 159577 号

吉星高照的男人	Arthur Miller		出版统筹　赵武平
The Man Who Had	阿瑟·米勒　著		责任编辑　邹　滢
			装帧设计　周安迪
All the Luck	陈　恬　译		封面插画　小肥鸡 Lia

上海译文出版社有限公司出版、发行
网址：www. yiwen. com. cn
201101 上海市闵行区号景路 159 弄 B 座
杭州宏雅印刷有限公司印刷

开本 787×1092　1/32　印张 6.75　插页 5　字数 72,000
2023 年 10 月第 1 版　2023 年 10 月第 1 次印刷

ISBN 978‑7‑5327‑9264‑1/I·5767
定价：65.00 元